Solo una semana
Andrea Laurence

Editado por Harlequin Ibérica.
Una división de HarperCollins Ibérica, S.A.
Núñez de Balboa, 56
28001 Madrid

© 2016 Andrea Laurence
© 2017 Harlequin Ibérica, una división de HarperCollins Ibérica, S.A.
Solo una semana, n.º 2105 - 5.10.17
Título original: The Pregnancy Proposition
Publicada originalmente por Harlequin Enterprises, Ltd.

I.S.B.N.: 978-84-9170-132-3
Depósito legal: M-22220-2017
Impresión en CPI (Barcelona)
Fecha impresion para Argentina: 3.4.18
Distribuidor exclusivo para España: LOGISTA
Distribuidores para México: CODIPLYRSA y Despacho Flores
Distribuidores para Argentina: Interior, DGP, S.A. Alvarado 2118.
Cap. Fed./Buenos Aires y Gran Buenos Aires, VACCARO HNOS.

Capítulo Uno

–Bueno, Papa, por fin conseguiste regresar a Hawái.

Paige Edwards agarró con fuerza la urna de su abuelo mientras seguía al conductor hacia el coche que les esperaba en la puerta del aeropuerto de Honolulú. El chófer le subió el equipaje y le abrió la puerta para que se subiera al asiento de atrás.

Mientras avanzaban por las abarrotadas y sinuosas calles hacia el hotel de Waikiki Beach, Paige no pudo librarse de la sensación surrealista que se había apoderado de ella las últimas semanas. Todo empezó con la llamada de su madre diciéndole que su abuelo había muerto. Había luchado el último año contra una insuficiencia cardíaca. Paige, que era enfermera, había sentido la necesidad de pasar un tiempo con él y asegurarse de que estuviera recibiendo los mejores cuidados posibles.

Aunque no era realmente necesario. Su abuelo era absurdamente rico y podía permitirse los mejores médicos y tratamientos de California. Pero ella le tenía cariño, y por eso pasó mucho tiempo allí. Al final eso era más fácil que enfrentarse al desastre en el que se había convertido su vida.

Y cuando su abuelo murió pudo distraerse organizando el funeral y escuchando a sus padres preocuparse por cómo se iba a repartir la herencia.

A Paige eso no le importaba lo más mínimo. El dinero de Papa era algo que siempre estaba de fondo, pero no sentía la necesidad de reclamarlo. De hecho había animado a su abuelo a donar su dinero a una causa que fuera importante para él. Eso alejaría a los tiburones que daban vueltas en círculos alrededor de su hacienda.

Sin embargo, Paige no esperaba que su abuelo tuviera para ella planes mayores de los que había esperado. Aquellos planes la obligaron a hacer las maletas y a subirse a un avión rumbo a Hawái con sus cenizas.

Mientras miraba por la ventanilla entendió por qué su abuelo quería que sus cenizas se quedaran en Hawái. Era precioso. A medida que se iban acercando al hotel vio algún destello de la arena dorada y las aguas turquesas que se unían al cielo azul carente de nubes. Las palmeras se agitaban bajo la brisa y la gente vestida de playa abarrotaba las aceras y las terrazas.

El coche ralentizó la marcha para girar hacia un complejo llamado Mau Loa. Paige no había prestado realmente mucha atención a los detalles del itinerario que el albacea de su abuelo había preparado. Aquello no eran unas vacaciones, así que no le importaba dónde se iba a alojar.

Cuando se detuvieron en la puerta del hotel y el botones abrió la puerta del coche, Paige se dio cuenta de que su abuelo tenía una idea muy diferente de lo que debía ser aquel viaje.

No era un hotel situado a cinco manzanas de la playa. Estaba en la misma playa. El botones llevaba un uniforme muy bonito con guantes blancos inmaculados. La puerta de entrada estaba abierta a la brisa y a través del vestíbulo se veía el mar, que quedaba más allá.

El botones la acompañó al mostrador de recepción VIP. Paige le pasó a la recepcionista los papeles que le había dado el albacea y la mujer abrió los ojos de par un par un instante antes de que una enorme sonrisa le cruzara el rostro.

–*Aloha,* señorita Edwards. Bienvenida a Mau Loa –se levantó del escritorio para ponerle una guirnalda de orquídeas color magenta alrededor del cuello. Olían a gloria.

La mujer se giró entonces hacia el botones que llevaba su equipaje.

–Lleva las cosas de la señorita Edwards a la suite Aolani y luego hazle saber al señor Bishop que tenemos una nueva huésped VIP.

Paige alzó las cejas. ¿Una suite? ¿VIP? Papa se había excedido y no había ninguna necesidad. En su trabajo de enfermera en un hospital para veteranos no estaba acostumbrada a que la agasajaran. Se pasaba la mayor parte del tiempo calmando las pesadillas de exsoldados traumatizados y tratando de convencerles de que haber perdido una pierna no era el fin del mundo. La tasa de suicidios entre los hombres y mujeres que volvían a casa tras prestar servicio era demasiado alta.

Paige miró a su alrededor mientras la mujer completaba el registro. Al otro lado del vestíbulo había tres hombres tocando música en una piscina que parecía un lago y tenía una cascada. Un empleado del hotel había empezado a encender las antorchas porque el sol estaba cayendo ya. Paige sintió que le empezaba a bajar la tensión arterial al escuchar el sonido de las olas mezclándose con la melodía de la música tradicional hawaiana.

Apenas había dado diez pasos dentro del hotel y ya sabía que adoraba Hawái.

–Esta es su tarjeta, señorita Edwards. La suite ya está preparada. Siga el camino a través del jardín hacia la torre Sunset. Habrá música en directo en la piscina hasta las diez. Disfrute de su estancia.

–Gracias –Paige agarró la tarjeta y empezó a descender por el camino de piedra que llevaba a su habitación de hotel.

El complejo era grande, tenía varias torres que rodeaban una zona común en la que había una piscina enorme con la cascada y un par de toboganes, múltiples restaurantes y plantas tropicales por todas partes. Era como un jardín en medio de un bosque tropical.

La torre Sunset era la más cercana a la playa. Paige miró la tarjeta cuando entró en el ascensor. Su suite era la habitación 2001. Intentó no fruncir el ceño cuando pulsó el botón y el ascensor la subió veinte pisos hasta la última planta. Cuando se abrieron las puertas esperaba encontrar un vestíbulo grande, pero se encontró con un pequeño recibidor. A su izquierda había una puerta en la que ponía «privado», y a la derecha había otra con un placa que indicaba que aquella era la suite Aolani. ¿Dónde estaba el resto de las habitaciones de aquella planta?

Estaba a punto de deslizar la tarjeta en la cerradura cuando la puerta se abrió y salió el botones.

–Su equipaje está en la habitación principal. Disfrute de su estancia en Mau Loa –el chico entró en el ascensor y desapareció, dejándola en el umbral completamente perdida. Entró en la habitación y dejó que la puerta se cerrara tras ella.

No podía ser. Era… la suite del ático.

Era más grande que su apartamento y estaba rodeada casi por completo de ventanales. Tenía un salón con sofás de cuero y una enorme pantalla de televisión, una mesa de comedor en la que cabían ocho personas y una cocina de diseño. Los colores neutros, los suelos de madera clara y los muebles blancos creaban un ambiente tranquilizador. Un lado de la estancia daba al centro de Honolulú y el otro a Waikiki.

Paige se sintió atraída al instante hacia el balcón que daba al mar. Recolocó la urna de su abuelo en los brazos para abrir la puerta de cristal y salir. La brisa le alborotó al instante el liso y castaño cabello alrededor del rostro. Se lo apartó a un lado y se acercó a la barandilla para echar un vistazo.

Era impresionante. El mar estaba lleno de surfistas y una manada de delfines atravesaba las olas haciendo giros en el aire antes de caer de nuevo al mar. Parecía irreal.

–Papa, ¿qué has hecho? –preguntó. Pero sabía de qué se trataba.

Sí, su abuelo quería que sus cenizas se quedaran en Honolulú. Fue uno de los pocos supervivientes del ataque de Pearl Harbour que hundió su barco, el *Arizona*, Y, como tal, tenía la opción de regresar al barco para ser enterrado. La ceremonia se celebraría en una semana.

Sin embargo, hasta entonces aquel viaje estaba completamente en manos de Paige. No había otra razón para que el funeral de su abuelo exigiera que viajara en primera clase ni que se quedara en la suite del ático de un hotel de cinco estrellas. Papa lo había hecho por ella. Y se lo agradecía. La vida de Paige había dado un inesperado giro recientemente, y una semana en Hawái era exactamente lo que necesitaba para intentar averiguar qué diablos iba a hacer.

Suspiró, volvió a entrar en la suite y dejó la urna de su abuelo en una mesa cercana.

Al lado había una cesta repleta de fruta fresca, galletas, nueces de macadamia y otras delicias locales.

Consultó su reloj y se dio cuenta de que era un buen momento para bajar a cenar. Había tenido varias guardias seguidas en el hospital, y combinado con el largo vuelo y el cambio de hora, se sentía agotada. Pero tenía que comer. Si se daba prisa podría llegar a ver el atardecer.

Corrió al dormitorio y abrió la maleta. Cambió los vaqueros y los mocasines por un vestido de verano y unas sandalias. Era lo único que necesitaba.

Agarró el bolso y la llave de la habitación y salió para disfrutar de su primera noche en Oahu mientras todavía pudiera mantener los ojos abiertos.

Cerró la puerta, se giró hacia el ascensor y se topó contra un muro sólido de músculo. Cuando se tambaleó hacia atrás, una mano masculina la agarró del codo para sostenerla. El hombre medía más de dos metros, lo que hizo que Paige se sintiera pequeña con su metro setenta y siete de altura. Y no solo era alto; era grande. Tenía los hombros anchos y unos bíceps enormes bajo el traje hecho a medida. Llevaba unas gafas de sol Ray-Ban de estilo clásico y un pendiente negro que se curvaba tras la oreja y se fundía con las ondas marrón oscuro de su cabello.

Lo que pudo ver del rostro de aquel hombre le resultó increíblemente hermoso y, tal como se dio cuenta al instante, quedaba completamente fuera de su alcance. Pero eso no impidió que su cuerpo se estremeciera en respuesta a la cercanía de semejante espécimen de hombre. Cuando tomó aire aspiró el aroma de su esencia, una embriagadora mezcla de almizcle y olor a hombre que le provocó un inesperado escalofrío en la espina dorsal.

–Lo siento mucho –se disculpó Paige mientras se recuperaba del impacto–. Iba con tanta prisa que no le he visto.

Que no hubiera percibido semejante montaña de hombre delante de ella era la prueba de lo distraída que estaba últimamente.

El hombre sonrió, mostrando unos dientes blancos y brillantes que contrastaban con su piel polinesia. A Paige le temblaron las piernas al ver el hoyuelo que se le formó en la mejilla.

–No pasa nada. Yo tampoco la he visto a usted.

Paige se dio cuenta de que el hombre no la miraba directamente al hablar. Bajó la vista y vio el perro labrador color chocolate oscuro que llevaba a un lado. Con un arnés de perro guía.

«Bien hecho, Paige». Acaba de chocar contra un hombre increíblemente guapo, sexy… y ciego.

–Oh, Dios mío –dijo la mujer con voz angustiada.

Al parecer había pillado la broma pero no le resultó graciosa. A muy poca gente le hacían gracia los chistes de ciegos, pero él había desarrollado un sentido del humor negro respecto a su discapacidad en los últimos diez años.

–¿Está usted bien? –preguntó ella.

Mano no tuvo más remedio que reírse. Aunque fuera ciego, no tenía nada de frágil. La mujer podría haberse estrellado contra él a toda velocidad y apenas lo habría notado.

–Perfectamente. ¿Y usted?

–También. Solo un poco avergonzada.

Mano casi pudo ver el sonrojo en las mejillas de la

9

joven. Tenía la impresión de que las mujeres con las que trataba diariamente no se sonrojaban mucho. Esta parecía distinta a las huéspedes habituales de la suite Aolani. Estaba nerviosa y se sonrojaba con facilidad. La cantidad de dinero que hacía falta para permitirse aquella habitación solía ir acompañada de una cierta dureza que no había detectado en ella.

—No tiene por qué —la tranquilizó—. Siéntase libre de tropezarse conmigo siempre que quiera. Soy Mano Bishop, el dueño del hotel. Iba de camino a saludar a la nueva huésped de la suite Aolani. Eso significa que usted debe ser la señorita Edwards —se puso la correa de Hoku en la mano izquierda y le tendió la derecha a ella.

—Sí —respondió la joven estrechándole la mano—. Puedes llamarme Paige.

El contacto de su delicada mano le provocó un escalofrío en la espina dorsal. Aquella inesperada reacción le llevó a observar con más cuidado a su nueva huésped. No solo sonaba distinta a los huéspedes habituales de la suite, su tacto también era distinto. No tenía la piel tan suave como cabía esperar en una mujer joven. Había en ella cierta aspereza, como si trabajara con las manos. Mano se preguntó si no sería artista de algún tipo. Desde luego, no se trataba de una princesa mimada.

—¿Qué te ha parecido la suite, Paige? Espero que haya cubierto tus expectativas.

—Es impresionante. Quiero decir, es más bonita de lo que nunca esperé. Y las vistas son increíbles. Aunque no sé si tú… oh, Dios mío.

—Lo cierto es que sí lo sé —intervino Mano rápidamente para evitarle un mal trago—. Perdí la vista a los diecisiete años. Aunque ya no pueda ver las vistas, las recuerdo muy bien.

10

Se escuchó la campanilla del ascensor y las puertas se abrieron. Mano escuchó el suspiro de alivio de Paige y trató de disimular la sonrisa.

—Por favor —le hizo un gesto con la mano—. Adelante.

Escuchó el sonido de su movimiento cuando entró en el ascensor. Luego Hoku tiró del arnés y guio a Mano al ascensor detrás de ella. Deslizó los dedos por el panel hasta encontrar la tecla del vestíbulo, marcada con un símbolo en braille. Luego se giró hacia la puerta y se agarró al pasamanos para no perder el equilibrio.

—¿Cómo se llama tu perro? —preguntó Paige mientras bajaban.

—Hoku —respondió él. El labrador llevaba siete años a su lado y se había convertido casi en parte de él—. Puedes acariciarle si quieres.

—¿Seguro? Tengo entendido que no se debe hacer eso mientras están trabajando.

Qué inteligente, pensó Mano. Mucha gente no lo sabía.

—Desgraciadamente, yo siempre estoy trabajando, así que Hoku también. Hazle una caricia y te querrá para siempre.

—Hola, Hoku —dijo Paige con ese tono de voz tierno que la gente reserva para los bebés y los animales—. ¿Eres un buen chico?

Hoku la recompensó con un jadeo sonoro. Seguramente le estaría acariciando las orejas, eso le encantaba.

—¿Qué significa Hoku?

A Mano le gustaba el tono melódico de la voz de Paige, sobre todo cuando utilizaba alguna palabra de su idioma materno, el hawaiano.

–Significa «estrella» en hawaiano. Antes de que hubiera sistemas de navegación y mapas, los marineros se guiaban por las estrellas. Y como él es mi guía, pensé que era un nombre apropiado.

–Es perfecto.

Cuando Paige se incorporó lo hizo acompañada de una nube de aroma. Tenía una fragancia única, y sin embargo le resultaba en cierto modo familiar. Muchas mujeres, sobre todo las que se alojaban en la suite Aolani, se bañaban prácticamente en perfumes caros y lociones con esencia. La mayoría de la gente no se daba siquiera cuenta, pero Mano tenía un sentido del olfato muy desarrollado, para bien y para mal. El aroma de Paige era sutil y al mismo tiempo atrayente, con un toque a polvos de talco y… jabón sanitario. Era una combinación extraña.

Sonó la campanilla del ascensor y el sistema de audio anunció que estaban en el vestíbulo. Mano había actualizado los ascensores unos años atrás para incluir aquella función para él y para huéspedes invidentes. Las puertas se abrieron y él hizo un gesto con la mano para que Paige saliera. Esperaba que se marchara a toda prisa. La mayoría de la gente se sentía un poco incómoda cerca de él. Estaba claro que ella también, pero no la ahuyentaba. Su aroma continuó a su lado cuando salió del ascensor.

–¿Vas a cenar esta noche en el hotel? –le preguntó Mano.

–Sí, hacia allí voy. Aunque todavía no tengo claro dónde.

–Si quieres que tu primera comida aquí sea auténtica, te recomiendo Lani. Es nuestro restaurante polinesio tradicional, así probarás lo que Honolulú tiene que ofrecer desde el punto de vista culinario. También hay una zona exterior muy bonita. Si te das prisa creo que todavía llegarás a ver el atardecer. Vale la pena verlo. Dile a la encargada que vas de mi parte y ella se asegurará de conseguirte el mejor sitio disponible.

–Gracias. Lo haré. Espero que volvamos a vernos… digo… a encontrarnos en otra ocasión.

Mano sonrió al escucharla balbucear.

–Disfruta de tu velada, Paige. *A hui hou kakou.*

–¿Qué significa eso?

–Hasta que nos volvamos a encontrar –respondió él.

–Oh. Gracias por tu ayuda. Buenas noches.

Mano agitó la mano en gesto de despedida y luego escuchó el aleteo de sus sandalias dirigiéndose hacia la playa y los restaurantes del hotel. Cuando Paige se hubo marchado, se giró hacia los mostradores de recepción y dejó que Hoku le guiara entre los huéspedes. Hoku se detuvo justo delante del mostrador en el que había una puerta giratoria para pasar más allá del área de registro. La zona de conserjería estaba justo a la derecha.

–*Aloha ahiahi,* señor Bishop.

–Hola, Neil. ¿Cómo van las cosas esta noche?

–Muy bien. Se ha perdido usted el ajetreo de la llegada de los vuelos nacionales.

Mejor. Se le daba bien moverse por el hotel, pero intentaba evitar los momentos más movidos para evitar tener un problema con la gente que iba arrastrando las maletas o con los niños corriendo por ahí.

Como no estaba ocupado en aquel momento, Mano se preguntó también si podría aprovecharse de los ojos de su conserje. Sentía curiosidad por su nueva huésped, Paige.

–¿Has visto a la joven que salió del ascensor conmigo?

–Brevemente, señor. No la miré bien.

A Mano le impresionaba en ocasiones que aquellos que tenían vista no pasaran la mayor parte del tiempo disfrutando de ella.

–¿Y qué viste?

–La miré fugazmente porque vi que estaba hablando con usted. Era una mujer alta y con una melena castaña y lisa. Pálida. Muy delgada. No le vi la cara porque estaba girada hacia usted.

Mano asintió. Aquello podría describir a mil mujeres del hotel. Pero al menos era un principio.

–De acuerdo. Gracias. Si surge algún problema avísame. Estaré en mi despacho.

–Sí, señor.

Mano y Hoku avanzaron por un pasillo y atravesaron la zona en la que trabajaba la dirección del hotel. Tomaron otro pasillo y giraron para entrar en su despacho. Mano encendió la luz y se dirigió al escritorio. Ni Hoku ni él necesitaban la luz, pero había descubierto que a sus empleados les resultaba raro que estuviera a oscuras en la oficina y podían pensar que no quería que le molestaran.

Mano tomó asiento en la silla y Hoku se acurrucó a sus pies para dormir. El perro siempre le ponía la cabeza en el zapato para que Mano supiera que estaba ahí. Se inclinó para acariciarlo, pulsó un par de teclas en el teclado para encender el ordenador y se puso los cascos que utilizaba para controlarlo en la oreja que tenía libre. El sistema le leía los correos electrónicos y los archivos, y él podía controlarlo con órdenes de voz.

Mientras repasaba el correo desvió la atención hacia

el otro auricular, que estaba conectado con el sistema de seguridad del hotel. Mano sabía todo lo que sucedía en su hotel aunque no pudiera verlo. Había sido un día tranquilo con mucha charla banal. Aquello cambiaría cuando anocheciera. Los fines de semana eran bastante animados en el complejo, había fiestas nocturnas, fuegos artificiales y gran variedad de cócteles.

En aquel momento dos miembros de su equipo estaban debatiendo si había llegado el momento de parar a un caballero en el bar exterior; estaba haciendo demasiado ruido. A Mano no le preocupaban ese tipo de asuntos. Su equipo podía manejarlos perfectamente.

Llamaron con suavidad a la puerta. Mano alzó la mirada expectante hacia el sonido.

–¿Sí?

–Buenas noches, señor Bishop.

Mano reconoció la voz de su jefe de operaciones, Chuck. Habían crecido juntos y eran amigos desde segundo grado.

–Buenas noches, Chuck. ¿Ha pasado algo relevante mientras yo estaba arriba?

–No, señor.

–Bien. Escucha, ¿tú estabas por casualidad por ahí cuando llegó nuestra huésped VIP del Aolani?

–Yo no, pero Wendy estaba en recepción sobre esa hora. Puedo hablar con ella si quiere saber algo.

Mano sacudió la cabeza. Se sentía un poco ridículo preguntando, pero no tenía otra manera de saber.

–No la molestes con esto. Pero si ves a la señorita Edwards cuéntame qué te parece. Parece… distinta. Ha despertado mi curiosidad.

–Mmm… –murmuró Chuck en un tono que a Mano no le gustó–. Si ha captado su interés yo también quiero

15

verla. Hace mucho que no disfruta usted de compañía. ¿Podría ser ella su próxima elección?

Mano suspiró. Seguro que ahora Chuck le torturaría sin piedad. En ese sentido era un poco como su hermano mayor, Kal. La culpa era suya por hablarle a su amigo de sus métodos poco habituales para ligar, pero era la única manera de que la gente intentara buscarle pareja constantemente.

–No sé. Solo quiero conocer tu opinión antes de invitarla a cenar mañana por la noche.

–Entonces, ¿la va a invitar a cenar? –insistió Chuck.

–No en plan cita –se explicó Mano–. Iba a pedirle que se sentara conmigo en la mesa del dueño.

Era una tradición que su abuelo había empezado en el hotel y que él había continuado cuando se hizo cargo. Pero era la primera vez que afectaba a una mujer joven que viajaba sola.

–Me llama la atención que esté aquí sola.

Chuck tenía razón en cierto modo, pero Mano no iba a decírselo. Estaba interesado en Paige. No le gustaba tener citas con huéspedes del hotel, pero teniendo en cuenta que casi nunca salía de la propiedad, era eso o el celibato. De vez en cuando encontraba alguna mujer que le interesaba y le proponía que pasara una semana con él. Sin ataduras, sin sentimientos, solo unos cuantos días de fantasía antes de que ella volviera a su casa a su vida cotidiana. Aquello era lo único que estaba dispuesto a ofrecerle a una mujer. Al menos desde Jenna.

Sus experiencias personales le habían enseñado que una fantasía a corto plazo era lo mejor que podía ofrecer. Su discapacidad era como el tercero en discordia de todas sus relaciones. Se había acostumbrado a ser ciego, pero odiaba tener que pedirle a nadie que lidiara con ello a largo plazo. Hizo todo lo que pudo para no convertirse en una carga para su familia, pero sería más difícil proteger de ello a la mujer que compartiera su vida. No quería ser una carga para la mujer que amara.

—Me ocuparé de ello, señor.

Chuck desapareció y Mano volvió al trabajo. Iba a dar una orden de voz pero se detuvo. No quería leer más correos aquella noche. Estaba más interesado en la idea de ir a Lani y averiguar algo más sobre la misteriosa Paige. Quería sentarse y escucharla hablar un poco más. Quería dejarse llevar por su aroma y averiguar de qué estaba hecha aquella extraña combinación. Quería saber por qué tenía las manos ásperas y por qué estaba sola en una suite tan grande situada en un enclave tan romántico.

Consideró la idea por un momento, pero luego la desechó por tonta. Aquella era la primera noche de Paige en Hawái. Seguro que tenía mejores cosas que hacer que contarle la historia de su vida al ciego y solitario dueño del hotel. Sí, Paige le intrigaba, y sí, el mero hecho de rozarla había despertado todas las terminaciones nerviosas de su cuerpo, pero ella no tenía que haber experimentado necesariamente la misma reacción ante él. Era lo bastante guapo, o al menos lo era la última vez que vio su propio reflejo. Pero no se podía pasar por alto su discapacidad.

Mano apartó de sí la sensación de su contacto, le espetó otra orden al ordenador y siguió trabajando.

Pero tal vez encontrara respuesta a sus preguntas la próxima noche.

Capítulo Dos

Maldito *jet lag*.

A la mañana siguiente, Paige estaba completamente despierta antes de que saliera el sol. Solo había tres horas de diferencia con San Diego, pero no había sido capaz de dormir en toda la noche. Un largo periodo de guardias antes de las vacaciones había provocado que tuviera el horario cambiado. Al ver que no podía dormirse, decidió dejar de luchar contra ello. Se vistió y bajó con la cámara con la esperanza de hacer algunas fotos del amanecer.

El hotel estaba en silencio y casi a oscuras. Había algún que otro empleado limpiando, pero ella era la única huésped a la vista. Incluso la cafetería estaba todavía cerrada. Mejor así, se dijo. El café estaba en la lista de cosas prohibidas que le había dado el médico.

Últimamente a Paige le había entrado el deseo de beber algo más fuerte que café. La noticia de la muerte de su abuelo había supuesto un vuelco más en su vida. Antes de eso se había visto envuelta en una repentina relación apasionada con un hombre llamado Wyatt. Era el paisajista de su abuelo, y se habían conocido cuando ella estaba cuidando de Papa. Nunca imaginó que un hombre tan guapo se fijara en una mujer como ella. Tenía el cabello rubio y revuelto, la piel bronceada y las manos fuertes. Que sus ojos azules se fijaran en ella había sido un cambio bien recibido tras pasarse años siendo desdeñada en favor de su popular y guapa hermana mayor, Piper.

Paige sabía que ella no era lo que la mayoría de los hombres buscaban. No era cuestión de autoestima baja, era un hecho. Era delgada, sin caderas ni pecho. Tenía el rostro extrañamente angular y la piel pálida como la de un fantasma, a pesar de vivir en el soleado San Diego. Como se pasaba todo el día trabajando en el hospital de veteranos y apenas tenía tiempo para sí misma, las atenciones de Wyatt fueron como un soplo de aire fresco. Al menos hasta que el sueño se convirtió en una pesadilla. A los dos meses de iniciar la relación, Wyatt dejó a Paige por Piper. Y un mes después Paige se enteró de que estaba esperando un hijo suyo.

Era enfermera. Sabía que no debía olvidar la protección por un arrebato de deseo. Pero había sucedido. Paige se sentía una estúpida. Wyatt le había parecido muy sincero en la atracción que sentía por ella. Había bajado la guardia y lo siguiente que supo fue que tenía el corazón roto y náuseas matinales. No había vuelto a hablar con su hermana desde que Wyatt la dejó.

Antes de que pudiera pensar en qué hacer con el lío en el que estaba metida, su abuelo murió y Paige cambió el foco de atención. Tenía seis meses para lidiar con la llegada del bebé. La muerte de su abuelo y sus disposiciones finales eran un asunto más inmediato.

Aunque tampoco podía ignorarlo para siempre. Le gustara o no, necesitaba empezar a decirle a la gente lo del embarazo, incluidos Wyatt y su hermana. Necesitaba conseguir un apartamento más grande y montar una habitación para el bebé. Tenía que contarle a su jefe que tendría que darse de baja por maternidad. Hasta el momento solo lo había hablado con su médico.

Tenía muchas cosas en las que pensar, pero resultaba más fácil olvidarse de todo, quitarse las sandalias y pisar la arena. Paige no le había contado a su abuelo lo sucedido con Wyatt, pero él parecía saber que no era feliz. Su último regalo no podía haber sido más oportuno.

Con las sandalias en una mano y la cámara en la otra, se acercó a la orilla. El cielo estaba empezando a iluminarse, convirtiendo todo en un gris pálido anterior al brillo del sol. Paige se acercó al mar y se detuvo cuando el agua fría le pasó por encima de los pies descalzos. Entonces tuvo lugar la magia. El sol naciente empezó a iluminar el cielo con bellos tonos pastel azules, rosas y púrpura. Las palmeras y los barcos del puerto eran unas siluetas negras recortadas en el horizonte.

Paige hizo algunas fotos y luego regresó al hotel. Tomó el camino sinuoso a través del denso follaje que llevaba a su habitación. Pero en algún momento se equivocó de desviación y terminó en una zona del complejo que no conocía. Había una franja ancha de pradera y más allá un lago con playa donde algunos huéspedes del hotel estaban practicando submarinismo o surf con remo.

También vio al dueño del hotel con su perro. Paige casi no reconoció a Mano vestido con vaqueros y camiseta ajustada.

Le gustó volver a verle. Había estado recordando su encuentro toda la noche. Al mirarle ahora se sonrojó y se le estremeció el cuerpo con el recuerdo de su inocente contacto. Ella había reaccionado de un modo extremadamente inapropiado al tratarse de alguien a quien acababa de conocer. Paige no sabía si eran las hormonas del embarazo o aquel ambiente tan romántico, pero había estado toda la noche tumbada en la cama pensando en el dueño del hotel.

Se le marcaban todavía más los músculos que con el traje que llevaba el día anterior. Tal vez fuera ciego, pero desde luego sabía cómo llegar al gimnasio del hotel. Llevaba el pelo castaño casi negro apartado de la cara, como si se lo hubiera peinado a toda prisa con los dedos. Paige distinguió desde lejos que tenía una especie de tatuaje tribal en el antebrazo izquierdo. La idea de deslizar los dedos por él provocó que el estómago le diera un vuelco con renovado deseo.

Paige trató de reprimir al instante las sensaciones que había tenido la noche anterior. La última vez que se vio presa de sus deseos había terminado embarazada y sola. Esta vez no podía quedarse embarazada, pero eso no significaba que no pudiera cometer alguna otra estupidez.

Cuando se iba a dar la vuelta para intentar encontrar el camino de regreso a su habitación, se dio cuenta de que Hoku la había visto. El perro empezó a mover la cola con tanta fuerza que se le agitó toda la parte inferior del cuerpo.

Mano percibió el cambio en el perro y ella se dio cuenta de que tenía que hacer notar su presencia.

—Buenos días, Paige —dijo Mano antes de que ella pudiera saludarle.

Paige avanzó los últimos metros hacia donde estaban Mano y Hoku.

—Buenos días —dijo ella dándole una palmadita al perro en la cabeza—. ¿Cómo has sabido que estaba aquí?

—Llevas las mismas sandalias de ayer. Hacen un ruido muy peculiar cuando andas. Y también te he olido.

Paige frunció el ceño y se olió disimuladamente las axilas. No se había duchado todavía aquella mañana pero no podía oler tan mal, ¿no?

–Relájate –añadió Mano al ver que ella no decía nada–. No hueles mal, es solo un olor que te distingue.

Paige no entendió cómo sabía que había entrado en pánico silenciosamente, pero se alegró de escuchar aquello.

–Menos mal –dijo con un suspiro.

Mano sonrió y dejó al descubierto sus brillantes dientes blancos. Era un hombre increíblemente guapo. Paige se había estado preguntando la noche anterior si no le habría embellecido en su cabeza. Ningún hombre podía ser tan atractivo. Pero ahora que volvía a verle se dio cuenta de que así era. Paige creía que Wyatt era guapo, pero no le llegaba a Mano a la altura del tobillo.

Era una extraña yuxtaposición de rasgos que a ella le resultaban incompatibles. Tenía unas cejas oscuras y pobladas que asomaban por encima de las gafas de sol, una de ellas atravesada por una cicatriz. Eso le hacía parecer más un guerrero de la antigüedad o el miembro de una banda de moteros en lugar del dueño de un hotel exclusivo vestido de traje. Ahora que lo veía más de cerca, se dio cuenta de que el tatuaje del antebrazo era una especie de triángulo negro.

Mano no la miraba directamente, pero podía sentir su atención completamente puesta en ella, como si supiera que le estaba admirando.

–¿Tienes planes para esta noche, Paige?

Ella frunció el ceño. En realidad no tenía ningún plan en toda la semana. Lo único previsto era el funeral del viernes.

–No tengo ningún plan. Había pensado ir a recepción a reservar algunas cosas para la semana, pero ahora mismo estoy improvisando las vacaciones.

–¿Eres de las que improvisan?

–Cielos, no –reconoció Paige–. Soy una súper planificadora, pero esto ha sido una aventura de último minuto para mí.

–Un viaje de última hora a Hawái alojada en una suite del ático, ¿eh? Supongo que hay cosas peores.

–No me quejo, eso desde luego. Pero me siento un poco desubicada. Me sentiré mejor cuando tenga un plan.

–Bueno, puedes empezar por cenar conmigo esta noche –dijo él.

Paige le miró entornando los ojos y se preguntó si no le habría oído mal. Una cosa era fantasear con él, pero, ¿por qué querría aquel dios polinesio cenar con ella? ¿Estaba simplemente mostrándose ocupado porque sabía que estaba allí sola?

–¿Quieres cenar conmigo?

Mano chasqueó la lengua y se sacó la mano libre del bolsillo de los vaqueros.

–¿Por qué te parece una proposición tan ridícula? Has dicho que no tienes planes, ¿no?

–No –reconoció Paige a regañadientes. No estaba muy segura de por qué la idea de cenar con él la enervaba tanto. Se imaginaba el comentario de su familia si les dijera que iba a cenar con un hombre ciego… «Es el hombre perfecto para ti».

Tal vez aquella fuera la clave de su interés. No sabía qué aspecto tenía ella.

–Excelente. Me encantaría que te unieras a mí esta noche en la mesa del sueño en La perla. Es nuestro restaurante especializado en marisco, y es uno de los mejores de toda la isla. Te gustará.

¿La mesa del dueño? Aquello tenía más sentido para Paige que la idea de una cita, aunque tuvo que admitir que sintió una punzada de desilusión en el pecho. Aquello era una especie de diferencia hacia los huéspedes ricos del hotel. Con la suerte que tenía, seguramente intentaría convencerla para que invirtiera en alguno de sus negocios. Mano se llevaría sin duda una decepción al saber que no era una huésped al uso de la suite del ático.

–Puedo hacerte algunas sugerencias sobre cómo pasar el tiempo aquí –añadió Mano como si quisiera suavizar la proposición, como si cenar gratis mirando su hermoso rostro no fuera suficiente.

–De acuerdo –dijo Paige finalmente–. Me has convencido.

–Normalmente no tengo que esforzarme tanto para conseguir que una mujer cene conmigo –reconoció Mano con una sonrisa–. Estaba a punto de sentirme ofendido.

Paige sintió cómo se le sonrojaban las mejillas.

–No era mi intención. Es que no entiendo por qué quieres pasar la velada conmigo.

Mano la miró por primera vez como si la estuviera mirando a los ojos. A pesar de que tenía la mirada oculta tras las gafas de sol, Paige sintió una inesperada conexión entre ellos y su cuerpo reaccionó. Notó la lengua pesada y los labios se le secaron. El corazón empezó a latirle con fuerza y de pronto deseó que en aquella cena hubiera algo más que buenos modales y consejos turísticos.

–¿Por qué no iba a querer pasar tiempo contigo? –preguntó Mano.

Paige no quería enumerar todos sus fallos. Normalmente no tenía que decirles a los hombres lo que tenía de malo. Todos se daban perfecta cuenta nada más mirarla.

—Estás muy ocupado. Y ni siquiera me conoces —replicó.

—A Hoku le caes bien. Y él es el mejor juez de personalidad que conozco. En cualquier caso, para cuando acabemos de cenar ya no seremos desconocidos. Nos vemos a las seis.

Paige se quedó allí de pie paralizada mientras Mano y Hoku continuaban con su paseo matinal. No estaba muy segura de cómo había sucedido todo, pero ahora iba a cenar con él. Una punzada de pánico la atravesó y volvió a tomar a toda prisa el camino de regreso a la suite.

¿Qué se iba a poner?

—Viaja sola, señor. Hizo la reserva y pagó por medio de una agencia de viajes. He intentado buscar información sobre ella en Google, pero solo encontré la esquela de su abuelo, que murió hace unas semanas en California. Ni siquiera tiene cuenta en Facebook.

Mano escuchó el informe de Chuck mientras se vestía para la cena.

—¿Tengo la corbata recta? —preguntó girándose hacia él.

—Sí, señor. ¿No le parece extraño que no haya nada sobre ella en ninguna parte?

En aquella época era algo peculiar, pero eso no significaba que tuviera algo de malo.

—Tal vez domine el fino arte de vivir bajo el radar. No todo el mundo siente la necesidad de publicar cada pensamiento y sentimiento que le surja en el ciberespacio. Yo no la siento.

—He conseguido algo de información sobre su fallecido abuelo —añadió Chuck—. Al parecer era un militar retirado que entró en el negocio inmobiliario tras la Segunda Guerra Mundial. Dicen que fue en parte responsable del boom de los chalés de los años cincuenta al crear casas accesibles para que los soldados que volvían de la guerra pudieran formar una familia. Eso unido al crecimiento de población de California en aquella época le hizo ganar una fortuna.

Aquello resultaba interesante. Su tímida flor era una heredera con dinero a raudales. Pero no actuaba como una de ellas.

—¿Algo más? —preguntó Mano estirándose la chaqueta del traje.

—Le he preguntado a Wendy por ella porque fue la que le tomó los datos al llegar. Dice que la señorita Edwards es muy esbelta, alta y delgada. Pálida y con un rostro común corriente.

Aquella era una extraña manera de describirla.

—¿Común y corriente? ¿Eso es bueno o malo?

—No lo sé, señor.

Mano suspiró. La gente que tenía ojos no los usaba como deberían. Si él recuperara el sentido de la vista observaría cada detalle del mismo modo en que ahora lo hacía con las manos. Había hablado como muchos miembros de su equipo y ninguno había podido decirle qué aspecto tenía Paige. Parecía como si fuera un fantasma que solo él podía ver.

—¿Qué hora es?

—Casi las seis.

—Entonces será mejor que me ponga en marcha.

Mano atravesó la suite. Contó los pasos; se conocía el camino a través de las habitaciones como la palma de la mano. Una vez en la puerta silbó a Hoku y esperó a escuchar el sonido de sus uñas en el suelo de mármol. Le puso el arnés y le rascó detrás de las orejas.

—Gracias por la información, Chuck.

—No hay de qué. Disfrute de la cena —añadió con un tono burlón que Mano ignoró.

Chuck desapareció en el ascensor mientras Mano llamaba al timbre y esperaba la respuesta de Paige. Tardó un poco, seguramente porque llevaba tacones. Mano escuchó los pasos lentos e inseguros acercarse a la puerta. No debía estar acostumbrada a llevarlos.

La puerta se abrió y fue recibido por el aroma del jabón de coco del hotel, un toque de Chanel No.5 y el sutil toque de jabón sanitario que ya asociaba a Paige. Los músculos se le tensaron cuando lo aspiró por la nariz, provocando que estuviera más deseoso de lo normal de pasar la velada con una de las huéspedes del hotel.

—Estoy lista —dijo ella casi sin aliento.

Mano dio un paso atrás y luego le ofreció el brazo para acompañarla al ascensor. Se fijó en que Paige se apoyaba más en él de lo que cabría esperar. Sin duda eran los tacones. No podía deberse a que quisiera estar más cerca de un hombre ciego, ¿verdad?

Cuando salieron del ascensor, Mano la guio por el camino que llevaba a La perla, la joya culinaria del hotel que contaba con una estrella Michelin.

Hoku disminuyó el paso y Mano supo que se estaban acercando al restaurante.

—Buenas noches, señor Bishop —dijo la encargada cuando se abrieron las puertas exteriores y fueron recibidos por una fresca ráfaga de aire acondicionado—. Vengan por aquí —les invitó, acompañándoles a la mesa–. El camarero vendrá enseguida a atenderles. Disfruten de la cena.

Mano le hizo un gesto a Paige para que tomara asiento a la izquierda, y él se sentó a la derecha. Hoku se acomodó bajo la mesa y puso la cabeza en el pie de Mano.

–¿Te gusta el marisco? –preguntó él–. Tendría que habértelo preguntado esta mañana.

–Sí. Intento no tomar pescado porque tiene mucho mercurio; ni nada crudo, pero me puedo comer mi peso en gambas si se presenta la ocasión.

–Si te gusta el coco tenemos gambas al coco servidas con una mermelada picante de piña.

–Suena delicioso.

–Lo está. Pero resérvate para el postre o lo lamentarás.

Unos instantes después llegó el camarero a tomarles nota. Mano optó por el pescado del día: pez espada ahumado con patatas dulces.

–Y dime, Paige –dijo él cuando por fin pudo centrarse en su nueva huésped–, ¿qué te ha traído a Oahu de forma tan inesperada? Y además sola.

–Supongo que no es lo normal, sobre todo teniendo en cuenta que me alojo en una suite en la que podrían dormir doce personas. Estoy aquí por mi abuelo. El próximo viernes van a enterrar sus cenizas en el Arizona. Él preparó este viaje para que yo lo trajera aquí.

Aquella no era la respuesta que esperaba.

–Lo siento. ¿Estabais muy unidos?

–Sí. Cuidé de él las últimas semanas de su vida. Fue duro ver cómo la enfermedad se lo iba comiendo, pero creo que estaba preparado para ello. Al final se dejó ir.

Mano percibió una tristeza en su tono de voz que no

le gustó. Lamentó que la conversación hubiera tomado un giro tan sombrío, pero ya no podía hacer nada al respecto.

—Siempre supe que quería volver aquí cuando muriera, pero nunca esperé que me tocara a mí traerlo. Estaba convencida de que mis padres vendrían al funeral, pero las instrucciones de mi abuelo fueron muy claras: tenía que traerle yo. Se hicieron todos los preparativos con antelación y nadie me dijo nada, así que cuando llegué fue un shock. Desde luego no eran necesarios el vuelo en primera clase ni la suite, pero supongo que esa fue su manera de cuidar de mí, ya que yo cuido de todos los demás todo el tiempo.

Paige no parecía excesivamente cómoda con el lujo de su hotel. Las ricas herederas normalmente se encontraban a gusto viajando y no solían comentar que dedicaban su tiempo a cuidar a los demás. ¿Sería posible que Paige hubiera crecido sin los beneficios de la fortuna familiar?

—¿Cómo te ganas la vida?

—Soy enfermera diplomada.

Mano no pudo reprimir un gruñido al escuchar su respuesta. Todo en ella le sorprendía.

—¿Qué tiene de malo ser enfermera? —preguntó.

—Nada en absoluto. Es un trabajo muy noble. Es que he pasado más tiempo del que me hubiera gustado rodeado de enfermeras. Estuve hospitalizado mucho tiempo con mi lesión. Eran estupendas y cuidaron muy bien de mí, pero ahora evito los hospitales a toda costa. No puedo ni imaginar lo que tiene que ser trabajar ahí todos los días.

—Es distinto cuando no eres el paciente. Yo nací para cuidar de los demás. Mi madre me contaba que cuando era niña siempre iba a todos lados con mi muñeca, y cuando me hice mayor siempre quería ir a cuidar niños. Pensaba estudiar pediatría, pero mi abuelo me contaba historias sobre la Segunda Guerra Mundial, al menos las que eran aptas para una niña. Aquello me hizo desear trabajar con soldados cuando creciera, y eso fue lo que hice. Me saqué la titulación de enfermera y trabajo en el hospital de veteranos de San Diego, en la planta de ortopedia. Me ocupo principalmente de soldados que han perdido extremidades.

—Eso parece un trabajo duro.

—Lo es, pero también resulta muy gratificante. Me encanta lo que hago. Dedico la mayor parte del tiempo a mi trabajo, y eso me deja pocas horas para mí. Creo que por eso mi abuelo quería que viniera aquí, para tener un respiro.

Mano trató de no ponerse tenso al escuchar a Paige hablar de su trabajo. No tenía nada de malo lo que le estaba diciendo, pero le hizo pensar. Chuck tenía razón cuando le preguntó si pensaba en Paige para algo más que una cena. Lo había utilizado como excusa para saber más cosas sobre ella. Había captado su atención sin que se diera casi cuenta.

Pero saber que era enfermera cambiaba las cosas.

Ella misma había dicho que le gustaba cuidar de los demás. Una de sus tías era enfermera. Desde el día del accidente se había volcado en él, tratándole casi como si fuera un inútil. La gente que estudiaba enfermería tenía un fuerte deseo de cuidar de los demás. Mano no quería que cuidaran de él. No quería que le trataran como a un niño, y mucho menos que le tuvieran compasión.

Sin embargo, había algo en Paige ante lo que su

30

cuerpo reaccionaba instantáneamente. No sabía qué aspecto tenía, solo conocía el tacto de su mano en la suya, pero quería saber más. Cuando las piezas de su historia empezaron a encajarle en la mente, se dio cuenta de que estaba más interesado en lugar de menos. Por supuesto que era enfermera. Aquello explicaba la rugosidad de las manos por lavárselas docenas de veces al día, y también el aroma a jabón sanitario.

—Mi abuelo sabía que esto es algo que yo nunca haría por mí misma —continuó Paige, ajena a los pensamientos de Mano—. Quería que me diera un respiro y disfrutara de la vida aunque fuera solo durante una semana. Así que lo estoy intentando. Me resulta más fácil hacerlo en Hawái que en casa.

—Todo es más fácil en Hawái. Es un estado mental —Mano consideró sus opciones para aquella velada y decidió que no le importaba que fuera enfermera. Hasta el momento le había dejado a él llevar la voz cantante, sin intentar ayudarle ni una sola vez cuando no lo necesitaba.

Mano trató de centrarse en qué hacer a continuación. No quería que su velada juntos terminara tan pronto. Era sábado por la noche, lo que significaba que el espectáculo de fuegos artificiales del complejo empezaría pronto. Podría llevar a Paige a algún lado a verlo, pero sabía que el mejor sitio de la propiedad era su propio balcón. Normalmente no permitía que nadie entrara en su santuario, pero por alguna razón estaba casi deseando invitar a Paige a subir. Podría ofrecerle un postre y un espectáculo impresionante. Pero, ¿aceptaría ella?

—¿Te gustan los fuegos artificiales? —le preguntó.

Capítulo Tres

Paige había pensado que la suite del ático era el colmo del lujo. Pero eso fue antes de entrar en la suite de Mano.

El espacio entero era limpio y moderno. Cada detalle, desde las luces industriales del techo a las pinturas abstractas de la pared, exudaba elegancia y masculinidad. Los suelos eran de mármol blanco y el sofá estaba tapizado en suave cuero gris. Las mesas parecían sábanas de cristal flotando en el aire, apoyadas en el más fino soporte de metal.

A Paige le había generado cierta ansiedad subir a la suite de Mano por una docena de razones, pero ahora que estaba allí añadió una preocupación más al lote: el miedo a estar en un sitio donde podría tropezar y caer encima de una pintura de Jackson Pollock.

En cualquier caso, no estaba muy segura de qué hacía ahí. Entendía la educada invitación a cenar, pero, ¿por qué pedirle que se uniera a él en su suite para tomar el postre? Tal vez su reacción inicial a la cita estaba más cerca de la verdad y no se trataba solo de ser amable con un cliente VIP.

Mano soltó el arnés de Hoku y el perro se acercó trotando a su cojín, situado en una esquina, donde le esperaba su hueso de cuero.

—Todos los sábados por la noche hay fuegos artificiales en el hotel —le explicó Mano mientras se quitaba le chaqueta y la colocaba en el respaldo de una silla—. Es una tradición muy antigua de Mau Loa que mis abuelos iniciaron décadas atrás. Aunque parezca una ironía, mi suite tiene las mejores vistas.

Paige se mordió el labio inferior al escuchar su comentario. Le siguió hasta el balcón y tuvo que darle la razón: sus vistas eran todavía mejores que las suyas.

—Es una lástima que no puedas disfrutar de los fuegos artificiales.

—Lo cierto es que sí puedo —dijo Mano agarrándose a la barandilla y mirando hacia el agua, como si pudiera ver.

La luz de la luna resaltaba los afilados ángulos de su rostro, recordándole a Paige lo guapo que era y lo fuera de su alcance que estaba. Deseó que se quitara las gafas para poder verle los ojos. Entendía que las llevara, pero le daba la sensación de que detrás de ellas ocultaba una parte de su ser.

—Recuerdo cómo eran cuando yo era joven. Como te dije, no perdí la vista hasta los diecisiete años, así que tengo recuerdos. Puedo sentarme en la terraza y escuchar la explosión de los fuegos y las exclamaciones de la gente. El olor a humo en el aire me trae de nuevo aquella experiencia. No necesito verlos.

En aquel momento llamaron a la puerta de la suite, por lo que Paige se quedó con las ganas de preguntar lo que quería. Tenía curiosidad médica por saber qué le había pasado a Mano, pero tenía que encontrar la oportunidad adecuada para sacar el tema.

—Ha llegado el postre —dijo él.

—Iré a abrir —se adelantó Paige.

En la puerta había un hombre con un carrito sobre el que se encontraba una bandeja cubierta con una campana cubreplatos como las de las películas antiguas.

—Buenas noches, señora. ¿Dónde quiere que le sirva el postre?

—En el balcón, por favor —dijo Mano. La había seguido hasta el salón, aunque no había necesidad.

Siguieron el carro hasta la terraza, donde el camarero dejó la bandeja sobre la mesa de cristal.

—La famosa perla negra de Mau Loa —anunció el hombre levantando la tapa con gesto teatral.

Paige no pudo evitar que se le escapara un gemido cuando vio la preciosa delicia de chocolate oculta bajo la campana plateada. El postre tenía la forma de una perla negra gigante dentro de una ostra. Una galleta fina con forma de caparazón era la base y el fondo de una *mousse* de chocolate de varias capas. Estaba envuelto en un ganache de chocolate negro y cubierto de coco tostado y nueces de macadamia a los lados.

—No creo que pueda comérmelo —murmuró Paige.

Manu se rio entre dientes y le dio una propina al camarero, que desapareció de la suite.

—Cambiarás de opinión enseguida. Esto es lo más delicioso que te habrás llevado jamás a la boca.

Se sentaron en las sillas de la terraza y se armaron con cucharas. Mano rompió primero el chocolate negro. Las diferentes capas y sabores de la mousse de chocolate se le fundieron en la lengua.

Y duraron muy poco.

—Estaba delicioso —dijo Paige dejando la cucharilla en el plato vacío.

Mano guardó silencio y llevó la mano a los pequeños auriculares que siempre llevaba puestos.

—Ah, el momento perfecto. El espectáculo de fuegos artificiales está a punto de empezar. ¿Estás lista? —le tendió la mano.

Paige la tomó y se acercaron juntos a la barandilla. Se escuchaban tambores y música tradicional hawaiana a lo lejos, en el lago. Un instante más tarde el cielo se iluminó cuando hicieron explosión los fuegos artificiales en la oscuridad. Varios estallidos de colores bailaron uno detrás del otro en el cielo durante diez minutos. Paige escuchó cómo la gente aplaudía y gritaba de asombro abajo en la playa.

—Ha sido maravilloso —dijo Paige cuando empezó a aclararse el humo—. Muchas gracias.

Mano se encogió de hombros.

—No es nada.

—Claro que sí —insistió ella girándose para mirarle—. Me has invitado a una cena deliciosa, me has traído aquí a probar un postre impresionante y a ver los fuegos artificiales. Me has salvado de pasar una noche solitaria en un sitio hermoso. Es más de lo que la gente haría por una desconocida. Más de lo que la gente suele hacer por mí normalmente.

Mano frunció el ceño al escucharla.

—¿Qué quieres decir? ¿La gente que conoces se aprovecha de tu amabilidad?

Paige suspiró y se apoyó en la barandilla.

—No es tan sencillo —no la acosaban ni nada parecido. Pero no terminaba de encajar. Parecía casi como si fuera invisible—. Normalmente me ignoran. Es como si nadie me viera. Me fundo con el ruido por mucho que intente gritar. A veces me pregunto si alguien se acordará de mí cuando muera.

—Tus pacientes te recordarán. Yo nunca me olvidaré de las amables enfermeras que me cuidaron tras el accidente –Mano deslizó la mano por la barandilla para encontrar la suya, y se la tomó con cariño–. Y yo también te recordaré, Paige Edwards.

Ella se quedó sin aliento al escuchar sus palabras y sentir su tacto. La piel le bailó bajo su contacto. Un escalofrío le recorrió la espina dorsal e hizo que el corazón le latiera con fuerza dentro del pecho. Sabía que no debía emocionarse: Mano no estaba ligando con ella, solo estaba siendo amable. Pero al parecer su cuerpo no veía la diferencia.

–Yo también te recordaré a ti. Eres la primera persona en mucho tiempo que puede verme de verdad.

–A veces la gente depende demasiado de la vista –explicó Mano–. Eso hace que se basen todos sus juicios en lo que ven e ignoran todo lo demás. Tal vez no sepa qué aspecto tienes, Paige, pero sé otras muchas cosas de ti que te convierten en una persona sobre la que quiero saber más.

Paige no podía entender por qué Mano pensaba eso. Ella no era la clase de mujer que pudiera captar la atención de un hombre rico y guapo como él.

–No sé qué puedes ver que otros no hayan visto. Sinceramente, yo no veo nada. No soy especial.

–Qué extraño –dijo Mano–. Yo quiero saberlo todo sobre ti. Me da la impresión de que descubro una sorpresa con cada capa que quito. ¿Puedo pedirte algo? Me gustaría tocarte la cara. Sé que suena raro, pero así es como veo a la gente. Me gustaría verte mejor.

Una parte de Paige se alegraba de que Mano no pudiera verla. Parecía muy interesado en ella. ¿Conocer su aspecto estropearía aquella noche perfecta que estaban pasando juntos? Pero tampoco podía decirle que no.

–De acuerdo –dijo.

Mano se giró hacia ella. Tenía una expresión preocupada.

—Pareces nerviosa. No tienes que hacerlo si no quieres.

—No, está bien —Paige le puso la mano en el brazo—. Si tuvieras vista habrías sabido desde el principio qué aspecto tengo, así que ya has esperado bastante. Solo espero que no te lleves una decepción con lo que encuentres.

¿Una decepción? La mayoría de las mujeres que habían entrado y salido en la vida de Mano tenían la autoestima muy alta, pero Paige no. Al parecer se consideraba poco atractiva. A él le parecía imposible que no lo fuera, pero enseguida lo iba a averiguar.

Primero la tomó de las muñecas y le subió las palmas por los brazos hasta el cuello. Luego le sostuvo la cara entre las manos. Paige estaba tensa y paralizada bajo sus yemas cuando le trazó las líneas y los ángulos de la cara. Tenía una frente delicada, ojos grandes y la nariz afilada. Su rostro era delgado, como el resto de ella, a juzgar por las estrechas muñecas y la protuberante clavícula.

Mano se dio cuenta de que seguía estando demasiado tensa y silenciosa bajo su contacto.

—Respira, Paige.

Ella se movió un poco, exhalando y soltando el aire de pronto. Cuando se relajó, Mano le deslizó los dedos por el pelo. Era largo, liso y sedoso. No se lo había retorcido ni torturado con planchas ni laca. Le caía por la espalda de modo natural.

—¿De qué color tienes los ojos? —le preguntó.

–De un tono avellana. Entre verde y marrón.

Mano asintió mientras se hacía una idea.

–Y ahora dime qué te has puesto esta noche.

–Me he arreglado bastante –reconoció Paige–. Llevo un vestido de cóctel de seda azul que encontré en las rebajas. Es de un azul oscuro, parecido a las aguas profundas de Waikiki.

Mano podía ver con claridad aquel color en la memoria. Deseó poder continuar con la exploración, deslizar las manos por su cuerpo para saber más cosas de ella. En un arranque de osadía, le trazó la marca del escote con el dedo hasta encontrar el corte en V. Se quedó un instante en la punta y ella dejó escapar un suspiro. Mano esperaba que se apartara o le dijera que se detuviera, pero no lo hizo. Se inclinó más hacia él. Su olor se entremezcló con el aroma de las orquídeas que perfumaba la brisa. Mano se embriagó con él y se sintió atraído hacia Paige de un modo que no lograba entender.

Le tomó delicadamente el rostro entre las manos y acercó los labios a los suyos. Su respuesta fue cauta pero curiosa. Tras un instante, la cautela dio paso al entusiasmo. Ella le rodeó el cuello con los brazos y arqueó el cuerpo contra el suyo. Mano sintió cómo todos sus músculos se ponían tensos al sentir su delicado cuerpo presionado contra el suyo.

Dejó que su lengua le explorara la boca mientras le exploraba el cuerpo con las manos. Paige tenía un regusto a chocolate en los labios. Su cuerpo era delgado y angular, con pocas curvas que cubrir con las manos. Teniendo en cuenta lo delicada que la había sentido al tocarla antes, no le extrañó. Su Paige era diferente. Pero cuando le deslizó las manos cerca del vientre, se puso tan tensa como una piedra.

–¿Paige?

Mano sintió cómo se apartaba de él y lo siguiente que escuchó fue el sonido de unos tacones sobre el suelo de mármol que se fueron alejando más y más hasta que se cerró la puerta de la suite.

Paige acababa de salir huyendo.

Mano había vivido todo tipo de reacciones a sus besos durante su vida, pero ninguna mujer se había ido nunca corriendo. Durante un instante no supo qué hacer, pero al final decidió ir a darle caza. No iba a permitir que Paige se escapara así. Al menos quería tener la oportunidad de disculparse por haber cruzado aquella línea y haberla hecho sentir incómoda. Pero tenía la sensación de que había algo más.

Mano cruzó con cuidado la suite hasta llegar a la entrada, y luego atravesó el vestíbulo hacia la puerta de Paige. Pulsó el timbre de su suite y esperó con la mayor paciencia que pudo. El corazón le latía todavía con fuerza en el pecho y tenía aún los músculos tirantes por la tensión del beso.

Mano escuchó unos pasos descalzos acercándose a la puerta, que luego se abrió con un clic.

–¿Sí?

Mano se dio cuenta por el tono de voz de que estaba disgustada. No sabía si con él o con ella misma.

–¿He hecho algo malo? –preguntó.

–No. Has estado maravilloso. Esta ha sido una noche de ensueño en el lugar más romántico del mundo. Soy yo. Lo siento.

Y eso que él creía que había ido allí para disculparse.

–¿Qué es lo que sientes?

–Todo –afirmó Paige con una tristeza en la voz que

39

le hizo saber que no se refería solo a aquella noche–. Por besarte y luego por salir huyendo. En aquel momento no supe qué hacer. No confío en mí misma en estos asuntos. Tomo malas decisiones, y no estoy diciendo que haberte besado haya sido un error, pero en este momento de mi vida no necesito este tipo de… complicación.

¿Complicación? Al parecer Paige se había hecho un lío ella solita.

–Solo ha sido un beso, Paige. No hace falta dramatizar. ¿Cuánto se pueden complicar las cosas si te vas a ir en menos de una semana?

Mano extendió la mano y se la pasó por la cintura. Esperó a que ella se relajara.

–Escucha, Paige, quiero que sepas que esto no es algo que haga con mucha frecuencia. Ni siquiera había invitado nunca a nadie a mi suite.

–¿De verdad?

–De verdad.

Era cierto. Cuando quería tener una aventura siempre iba a la habitación de la mujer o buscaba una suite vacía. Pero había querido compartir su refugio con Paige. Quería ver los fuegos artificiales con ella porque sabía que sería casi como si pudiera verlos él mismo otra vez.

–Me pasa como a ti, yo tampoco confío en mí mismo en las relaciones. Mi condición me deja en desventaja. Cada vez que estoy con una mujer me pregunto si no seré una carga para ella. Sinceramente, tu trabajo de enfermera es una enorme bandera roja para mí. Debería apartarme de ti ahora mismo.

–¿Por qué?

–Porque no quiero ser el proyecto de nadie. No

tengo solución y no quiero que me mimen. Algunas mujeres me ven como alguien a quien cuidar, y como enfermera, está en tu naturaleza hacer eso.

Paige se rio entre dientes.

—Soy más un sargento que una cuidadora. A veces hace falta mano dura para que un paciente se levante de la cama o deje de sentir lástima por sí mismo.

—Tal vez esa sea la diferencia. Hay algo en ti que me hace desear tirar todas mis normas por la ventana. Quiero conocerte mejor, Paige. Quiero volver a tocarte.

Paige contuvo el aliento. Mano dio un paso hacia ella y le puso la mano que tenía agarrada en su pecho.

—No quiero que te sientas incómoda. Si me lo pides me iré ahora mismo y te dejaré tranquila durante el resto de tu estancia en Hawái. Pero no quiero hacerlo. Lo que compartamos no tiene que ser serio ni complicado, Paige. Te propongo que pasemos una semana juntos. Dejaré que tú pongas los límites para que no haya complicaciones no deseadas. Simplemente, disfruto de tu compañía.

—¿De verdad?

Lo dijo con una vocecita tan insegura que Mano sintió una punzada en el pecho. ¿Qué había pasado Paige para tener un concepto tan bajo de sí misma?

—Absolutamente. Eres encantadora, cariñosa y detallista.

Paige se rio suavemente.

—Eres la primera persona que me dice algo así. La gente que no me ignora directamente me encuentra rara y muy callada. No sé qué puede ver un hombre como tú en una mujer como yo.

Mano frunció el ceño.

—¿Qué clase de hombre soy yo?

Sintió cómo Paige se encogía de hombros.

–No sé… guapo, rico, exitoso… la clase de hombre que podría tener una docena de supermodelos en su lista de contactos si quisiera. La clase de hombre que no tiene nada que ver con una mujer como yo.

–Las supermodelos no tienen una conversación especialmente interesante. Mis prioridades son otras. Tal vez sea ciego, Paige, pero veo más que la mayoría porque me apoyo en algo más que en los ojos. Y lo que veo en ti me gusta. Entonces, ¿te veré mañana? –preguntó.

Tras un instante de vacilación, Paige dijo:

–Pensaré en ello.

Mano sonrió y se apartó del umbral de la puerta, dando un paso atrás.

–Bien. Cuando decidas aceptar mi proposición, que sin duda lo harás, pregunta a cualquier empleado del hotel por mí y yo te encontraré. Buenas noches, Paige.

Cuando llegó al umbral de su habitación escuchó cómo se cerraba la puerta de Paige. Una vez dentro, se dirigió a la cocina y buscó un botellín de cerveza. Se dejó caer en el sofá de cuero, le dio un sorbo y confió en que los músculos del cuerpo se le pudieran relajar con ayuda del alcohol.

Hoku se subió al sofá y se acurrucó a su lado. Puso la cabeza en el regazo de Mano y suspiró.

No estaba seguro de si Paige aceptaría su proposición de pasar tiempo con él. Desconfiaba mucho de las mujeres desde que tuvo el accidente. Antes era un joven que vibraba con todo lo que tenía por delante. Le gustaba que las chicas revolotearan a su alrededor. Pero ya entonces solo tenía ojos para Jenna. Salía con ella desde segundo de bachillerato y lo tenían todo. Igual que su hermano mayor, Kal, estaba a punto de graduarse en la universidad de Hawái. Jenna y él tenían planes para quedarse con el negocio familiar con su hermano y buscar nuevas localizaciones para convertir Mau Loa en la cadena de hoteles más lujosa de la isla. Primero Maui y luego Kauai. Era joven, rico y guapo, y pronto sería muy poderoso. Se sentía invencible con ella a su lado.

Y de pronto, en un abrir y cerrar de ojos, todo cambió. Cuando iba de camino al partido de fútbol de su hermano, un todoterreno que venía en sentido contrario se salió del carril y se estrelló de frente contra el coche de sus padres a más de ochenta kilómetros por hora. Sus padres murieron en el acto. Mano se golpeó la cabeza lo suficiente para quedarse ciego para siempre, se rompió el brazo y le tuvieron que dar veinte puntos en la frente.

De pronto ya no era el chico de oro que siempre se creyó. Recuperarse del accidente supuso todo un reto. Kal y sus abuelos intentaron convencerle de que solo había perdido la vista, no la vida, pero Mano sabía que no era así. Y las chicas que solían rodearle también. Jenna desapareció, siguió adelante con sus planes y lo dejó atrás. Dijo que era demasiado joven para dedicar toda su vida a un hombre que tenía tantos retos por delante. Mano pasó de pronto de ser un partidazo a convertirse en una obra de caridad.

Durante los diez últimos años, Mano se las había arreglado para permitirse únicamente las comodidades físicas de una relación, nada emocional. Una semana con una mujer cada pocos meses era suficiente para calmar a la bestia. No quería ni esperaba nada más que eso.

Y desde luego, estaba deseando pasar una semana con Paige. Si ella accedía.

Capítulo Cuatro

Mano no durmió bien. Como era completamente ciego, normalmente le resultaba algo difícil porque no tenía la pista de la luz para regular el ritmo circadiano. Normalmente la medicación ayudaba, pero la noche anterior no fue así. Aunque lo de la noche anterior tuvo más que ver con Paige que con la ceguera.

Había dado vueltas y vueltas en la cama pensando en aquel beso. La disposición de Paige acompañada de su rápida retirada fue un bonito choque de contradicciones. Había calificado lo ocurrido anoche entre ellos de «complicación». Mano confiaba en poder convencerla de lo contrario. Paige solo estaría en Oahu unos cuantos días, pero quería aprovechar cada momento que pudiera para estar con ella. Quería volver a saborear sus labios y sentir su cuerpo apoyado contra el suyo. Quería hacerle más preguntas porque le sorprendía con cada respuesta. Su cerebro había dado vueltas a aquellos pensamientos hasta el amanecer, cuando finalmente se durmió. La alarma sonó pronto. A Hoku no le importaba que Mano no hubiera dormido. Estaba listo para salir a la calle, y eso fue lo que hicieron.

Mano tomó un café doble en la cafetería cuando regresó para despertarse y ponerse a trabajar. Acababa de salir de la ducha cuando escuchó el timbre. Hoku ladró y se acercó ansioso a la puerta mientras Mano se ponía el albornoz e iba a abrir. No podía imaginar quién habría aparecido en su puerta tan temprano.

–¿Quién es? –preguntó con la puerta cerrada atándose el cinturón del albornoz.

–Soy Paige –respondió una voz suave.

Sin pensar que solo llevaba puesto un albornoz, Mano abrió de golpe. No sabía qué hacía Paige en su puerta al amanecer, pero quería averiguarlo al instante.

–¿Va todo bien? –preguntó, pasándose la mano por el cabello todavía mojado.

–Sí –respondió ella con un murmullo–. Siento aparecer a estas horas. Ya veo que todavía te estás arreglando. No me he ajustado todavía al cambio de horario y… quería hablar contigo antes de que empezaras a trabajar. Quería ver si todavía estás interesado en hacer novillos conmigo hoy.

–¿Hacer novillos, *pulelehua*?

–Sí, por eso he venido a esta hora. Anoche dijiste que querías pasar más tiempo conmigo. Me propusiste una semana juntos en el lugar más romántico del mundo. Te dije que pensaría en ello y eso he hecho. Toda la noche. Y he decidido que si tú quieres pasar estos días conmigo, no seré yo quien te rechace.

Una amplia sonrisa le cruzó el rostro a Mano. Cuando se despidió anoche de ella no estaba seguro de cuál sería la respuesta de Paige. En su mente la veía como un cervatillo asustado que podría salir huyendo ante cualquier movimiento brusco. Pero ahora su cervatillo se estaba volviendo atrevido.

–Me alegra oír eso.

–Pensé que podríamos pasar el día fuera. Quiero decir, después de todo es domingo y tú eres el dueño de este sitio. Puedes tomarte el día sin pedir permiso.

Mano frunció el ceño, pensativo.

–No lo sé. Normalmente no salgo de la propiedad. Y avisaría con muy poco tiempo a mi equipo.

Paige no se molestó en llevarle la contraria. Su silencio decía muchas cosas. Mano supuso que estaba en lo cierto. Podría marcharse, simplemente era algo que nunca hacía. Su mundo giraba completamente en torno a Mau Loa, sobre todo porque él quería. Nada le obligaba a estar allí de guardia veinticuatro horas al día. Podría tener un hogar al que regresar cada noche en lugar de haber convertido una de las suites del ático en su apartamento privado. Podría tomarse vacaciones y días de baja igual que cualquier otro empleado. Pero no lo hacía. Mano no recordaba cuándo fue la última vez que se tomó un día libre.

–Será divertido –le animó Paige con tono musical–. Vamos, Mano. Enséñame todo lo que esta maravillosa isla tiene que ofrecer. Puede que no regrese nunca. Tengo que aprovechar al máximo cada minuto.

–Así es. Puedo darte algunas recomendaciones…

–No. Quiero que tú me enseñes Oahu. No puedes pasarte la vida metido en este hotel, Mano. Hay una isla entera más allá de esta propiedad, y quiero que la veamos juntos. ¿Cuándo fue la última vez que saliste del complejo?

Mano no tenía respuesta para aquella pregunta. Le llevaban las provisiones. La mayoría de sus otras necesidades se solventaban en el hotel. Su asistente le pedía por Internet todo lo que necesitaba. La última vez que salió debió ser para ir al sastre a encargar unos cuantos trajes a medida dos años atrás, pero desde luego no iba a admitir aquello. Lo que hizo fue remangarse y alzar las manos en gesto de rendición.

–De acuerdo, tú ganas. Es verdad que eres un poco sargento. Hagamos novillos –Mano se apartó de la puerta dando un paso atrás–. Pasa, por favor. Voy a ponerme algo de ropa.

–No hace falta… quiero decir, sí, ponte ropa. No quería decir eso. No te estoy pidiendo que no te vistas. Solo quería decir que podía esperar hasta que te vistas. No hace falta que me invites a entrar. Tómate todo el tiempo que necesites.

Mano hizo un esfuerzo para no reírse. Paige tenía la habilidad de liarse con las palabras de un modo muy tierno. Por supuesto, él tampoco había ayudado al abrir la puerta recién salido de la ducha. Con aquel albornoz seguramente ella le habría visto los tatuajes nativos y las cicatrices, dos cosas que normalmente llevaba escondidas bajo su armadura de Armani. Qué diablos, ni siquiera había recordado ponerse las gafas de sol antes de abrir la puerta.

Paige suspiró con fuerza.

–Te esperaré fuera –dijo.

–De acuerdo. Dame solo unos minutos.

Mano cerró la puerta y se dirigió a su dormitorio de nuevo. No estaba muy seguro de qué ponerse para un día de diversión en su isla natal. Había pasado mucho tiempo desde que hizo algo así. Empezó poniéndose en la oreja el auricular, que se estaba cargando en la mesilla.

–Soy el señor Bishop. ¿Quién está a la escucha?

–Buenos días, señor Bishop –respondió una voz masculina–. Soy Duke. ¿Qué puedo hacer por usted?

Duke era el responsable de operaciones del turno de noche, la mano derecha de Chuck.

–Buenos días, Duke. ¿Te importaría decirle a Chuck cuando llegue que hoy no voy a estar aquí?

Se hizo un largo silencio.

–¿Se encuentra usted bien? ¿Quiere que envíe al médico del complejo a su suite, señor?

–No, Duke, estoy bien. Solo voy a tomarme el día libre.

–Muy bien. Se lo haré saber a Chuck, señor.

Mano se quitó los auriculares y los volvió a dejar en la mesilla. Se sentía raro no llevándolos, como hacía todos los días, pero no funcionarían al salir del complejo. Y al parecer eso era lo que iba a hacer aquel día.

Buscó en el cajón inferior de la cómoda y sacó unos pantalones cortos y un polo. También unas chanclas. No tenía muy claro el color de la camisa que había escogido, pero sabía que las chanclas eran marrones y pegaban con todo. Hecho aquello, volvió al baño para terminar de arreglarse y secarse el pelo. Decidió no afeitarse. Si iba a hacer novillos, quería el paquete completo.

Lo último que hizo antes de volver a abrir la puerta fue colocarle el arnés a Hoku y cubrirse los ojos con las gafas.

–¿Paige? –preguntó para ver si ella seguía esperando.

–Estoy aquí –Mano escuchó cómo se cerraba la puerta de enfrente y oyó sus pasos acercándose a él–. Quería agarrar unas cosas antes de salir. No estoy muy segura de qué vamos a hacer hoy, pero supongo que las gafas de sol y la cámara son obligatorias. ¿Listo para salir?

Mano asintió.

–Sí –le ofreció el brazo y ambos se dirigieron al ascensor.

–Entonces, ¿qué vamos a hacer hoy? –preguntó Paige tras pulsar el botón.

Aquella era una buena pregunta. A Mano le había costado asimilar la idea de hacer novillos, así que todavía no había pensado en el itinerario del día. Lo primero que se le ocurrió fue que tenía hambre.

—Estaba pensando en empezar por unos panqueques —dijo—. Un día de novillos decente tiene que empezar con un buen desayuno. Recomiendo que vayamos a Eggs'n things a comer panqueques de nueces de macadamia con sirope de coco y nata batida. Hay muchos sitios para comer panqueques en la isla, pero este era uno de mis favoritos cuando era niño. Hace siglos que no voy.

—Esos panqueques suenan deliciosos —respondió Paige con tono sonriente.

Las puertas del ascensor se abrieron y salieron juntos a la calle.

Paige estaba agotada y convencida de que había empezado a quemarse a pesar de que se había puesto protección solar. Pero no le importaba. Se lo estaba pasando fenomenal con Mano, y eso que todavía no habían salido de la zona de Waikiki Beach.

Empezaron con los panqueques y luego siguieron avanzando por el camino principal que rodeaba la playa. Mano le tomó la mano mientras paseaban. Seguramente para no perderla entre la gente, pero sentir su mano le provocó un escalofrío en la espina dorsal. Aunque era una mujer alta y desgarbada, se sentía pequeña y femenina al lado de Mano.

Atravesaron los estrechos pasillos de un mercadillo al aire libre, donde Paige se sintió abrumada por los comerciantes que intentaban venderle todo tipo de recuerdos. Mano y Hoku se mostraron muy pacientes mientras ella miraba las cosas. Mano le habló de los diferentes objetos que estaban a la venta y la ayudó a regatear. Escogió algo para sus padres y para su mejor amiga, Brandy. Brandy era compañera suya en el hospital de vetarnos y una de las pocas personas a las que podía llamar amiga. No encajaba bien con la gente, por mucho que lo intentaba.

Por suerte, con Mano no tenía que intentar nada. Se reía de sus bromas, la llevaba de la mano y parecía tan orgulloso de caminar con ella como si fuera con una estrella de Hollywood. Paige no sabía muy bien cómo actuar con él. El último hombre así de encantador que conoció la estaba utilizando, pero Mano parecía completamente sincero. Le había dedicado el día entero sin esperar nada a cambio.

Era ya última hora de la tarde cuando Paige vio una heladería y le suplicó que entraran. Mano compró dos bolas de helado y encontraron una mesa bajo la sombra de una palmera desde donde Paige podía ver el mar.

–Hace mucho que no me tomo un helado de estos –reconoció Mano tras dar el primer bocado–. Mi madre solía llevarnos a mi hermano y a mí a la playa de vez en cuando para comprarlos. Me pregunto si no debería poner un puesto de helados hawaianos en el hotel.

–Deberías, sin duda –aseguró ella dejando que su helado de frambuesa se le derritiera en la boca–. Tal vez cerca de la piscina grande para que la gente pueda tomar algo fresco mientras disfruta del sol.

Disfrutaron unos instantes en silencio de sus helados, y cuando Paige terminó dejó la copa a un lado y se fijó en el tatuaje que Mano tenía en el antebrazo izquierdo. Esta vez pudo ver más de cerca el diseño. Era sencillo y geométrico, con anillos de triángulos negros que le rodeaban el antebrazo.

—¿Qué significa tu tatuaje? —observó cómo Mano se pasaba la palma de la mano por la tinta negra.

—Es un tatuaje tradicional hawaiano. Los triángulos simbolizan los dientes de un tiburón. Cuando mi madre estaba embarazada de mí, mi abuela soñó que yo estaba nadando entre tiburones. Se supone que es mi animal espiritual. Mi gente también cree que si alguna vez me cruzo con un tiburón en el mar verá mi tatuaje y me reconocerá como uno de los suyos.

Paige extendió la mano y trazó las líneas de triángulos que iban desde el codo hasta la muñeca. Vio la línea de la cicatriz que se ocultaba tras la tinta. Seguramente era cicatriz que acompañaba a la que tenía en la frente y a las más pequeñas que le había visto en el pecho aquella mañana. Se dio cuenta de que Mano se puso tenso bajo su contacto y dejaba escapar un suspiro. Paige se olvidó al instante del tatuaje y se centró completamente en el hombre bello al que pertenecía.

Era muy agradable estar sentada tan cerca de él. Tenía la piel cálida por el toque del sol y cuando soplaba la brisa le llegaba una ráfaga de su aroma. Olía a tierra y algo masculino, como a madera de sándalo y cuero. Le entraron ganas de acercarse más a él y apoyar la nariz contra la línea de su cuello para llenarse completamente los pulmones de él. Por muy tentada que se sintiera, Paige se resistió y se dedicó en cambio a estudiar las interesantes líneas y ángulos de su rostro sin preocuparse de que él pudiera verla mirándole fijamente.

Tenía un rostro muy interesante. Alguien podría considerar defectos la cicatriz que le cruzaba la frente y la leve distorsión de la nariz, pero le imprimían carácter. Ahora tenía las gafas puestas, pero aquella mañana había tenido el primer atisbo de sus ojos. Aquello le había resultado más impactante todavía que verle el pecho desnudo. Eran unos ojos marrón oscuros que parecían atravesarla con la mirada a pesar de no estar enfocados. Podía imaginar aquellos ojos mirándola a través de las gafas de sol. Podría quedarse mirándole durante horas.

Bueno, al menos hasta que Mano mencionó el extraño silencio que había entre ellos.

–¿Qué pasa? –preguntó girándose hacia ella.

–Nada –aseguró Paige aclarándose la garganta y volviendo a centrar la atención en su musculoso y tatuado antebrazo–. Es muy bonito.

Aquello hizo que Mano sonriera.

–Me alegra que pienses así. Es casi un rito iniciático para los hombres de mi familia hacerse un tatuaje. Yo me pasé casi nueve horas con este. Me gusta pensar que valió la pena, aunque yo nunca he visto el resultado.

–Es mucho dolor para protegerte de los tiburones si nunca te metes en el mar.

Mano asintió levemente y retiró el brazo de la mano de Paige. Deslizó la suya con fuerza por la piel casi como si quisiera borrar su tacto.

–También hay muchos tiburones en tierra de los que hay que protegerse.

Paige sabía que así era. Ojalá hubiera escuchado la música de la película *Tiburón* cuando Wyatt empezó a rodearla en círculo. Tal vez entonces no se vería en la situación que estaba ahora, una situación de la que no le había hablado todavía a Manu. Se preguntó si a él le importaría. Tenían una semana para estar juntos, no una vida. Si no sacaba el tema, probablemente él nunca se enteraría.

Paige se giró hacia el mar y en aquel momento divisó una manada de delfines pasando a toda velocidad entre los surfistas.

–¡Oh! –exclamó agarrándole el brazo a Mano.

–¿Qué pasa? –preguntó él con tono asustado.

Se mostraba mucho más confiado en el complejo del hotel que allí con ella. No poder ver el mundo que le rodeaba le provocaba cierta tensión. Debía conocer cada rincón de Mau Loa como la palma de su mano, pero allí fuera estaba en desventaja.

–Nada malo –le tranquilizó Paige–. Delfines. Hay como doce o quince.

La tensión le desapareció a Mano.

–Ah, sí. Están por todas partes. Es demasiado pronto para temporada de ballenas, pero los delfines pueden verse todo el año. Si sales en barco es muy posible que los veas de cerca. Les gusta seguir a los barcos.

Era una idea interesante. No había pensado mucho en ello, pero incluir a Mano en sus planes alegraba y al mismo tiempo limitaba sus opciones. Era un hombre muy capaz, pero había algunas cosas o difíciles o inútiles cuando no se podía ver. Pero había otras opciones…

–¿Sabes? He visto un folleto en el hotel sobre un crucero con cena que parte del muelle que hay cerca de Mau Loa.

–Está muy bien. Se lo recomiendo a muchos huéspedes del hotel. La mitad de Hawái está bajo el agua, hay que salir al mar para tener una experiencia completa de la isla.

Tal vez no fuera factible hacer submarinismo o

montar en kayak con Mano, pero a Paige le pareció que salir a cenar en un crucero era una buena idea.

—¿Qué te parece esta noche?

—¿A qué te refieres?

Paige frunció el ceño, algo irritada.

—Qué te parece hacer esta noche el crucero con cena juntos.

—Mmm…

Fue un sonido pensativo y que al mismo tiempo no comprometía a nada, pero que llevó la atención de Paige hacia los labios carnosos de Mano y la hizo sentirse interesada en besarle otra vez.

—¿Por favor? —preguntó con cierto tono implorante.

Mano frunció los labios y finalmente suspiró en señal de derrota.

—De acuerdo. Llamaré a conserjería para ver si puedo hacer una reserva esta noche. A veces está todo ocupado, así que no te hagas demasiadas ilusiones. Puede que tengamos que ir otro día.

Mano sacó el móvil y Paige se quedó esperando mientras le escuchaba hacer la llamada. Hizo varias preguntas, todas positivas, al parecer, y unos instantes después colgó y se guardó el móvil en el bolsillo.

—Eres una dama con suerte, *pulelehua*. Acaba de haber una cancelación para esta noche y he confirmado que admiten perros guía a bordo.

—¡Sí! —exclamó Paige abrazándole el cuello.

Le pilló por sorpresa, pero Mano se recuperó al instante, devolviéndole el abrazo. La rodeó con brazos fuerte y cálidos, los músculos de su pecho presionándole los pequeños senos. Paige sintió cómo su cuerpo empezaba a responder a aquel simple abrazo e intentó apartarse, pero él no se lo permitió.

Lo que hizo fue ponerle los labios en los suyos. Fue un beso fácil, dulce pero firme. Los labios de Mano sabían a helado de melón y sintió su lengua fría contra la suya.

—Vale —murmuró él contra sus labios cuando se apartaron. Presionó una tecla de su reloj, que anunció en alto que eran poco más de las cuatro—. Creo que será mejor que volvamos al hotel. No creo que pueda ir con pantalones cortos a la cena del crucero. Y además, creo que tienes que ponerte más crema protectora.

Paige se reclinó y se miró la piel algo enrojecida.

—¿Cómo lo sabes?

—Tienes la piel demasiado caliente al tacto. O te has quemado o tienes fiebre.

Paige sonrió. Siempre le impresionaba lo perceptivo que era.

—¿Y cómo sabes que no estoy simplemente excitada por el beso?

Mano se rio y se levantó de la mesa.

—Es posible, pero si te pones tan caliente con un simple beso vas a tener problemas más tarde.

Capítulo Cinco

Mano no recordaba cuánto tiempo hacía que no se subía a un barco. Kal le había medio obligado a subir a un catamarán después del accidente, pero aquello fue suficiente. El trayecto de Maui a Lanai se hizo en mar agitado y él se pasó todo el viaje agarrado a la barandilla como si le fuera la vida en ello. Le pareció que había sido una idea estúpida para un hombre ciego.

Kal no estaba interesado en conocer las limitaciones de Mano. Intentaba mostrarse positivo con toda la situación, insistiendo en que Mano podía hacer todo lo que quisiera. A su hermano no le gustaba la idea de que se quedara atrapado en Mau Loa. Paige se parecía a su hermano en ese sentido, seguramente debido a su trabajo con veteranos de guerra. Ellos superaban sus discapacidades cada día, ¿por qué iba Mano a ser distinto?

Porque él era distinto. Había aprendido a manejarse lo mejor posible en el mundo que conocía ahora. Una parte de ello se debía a que conocía sus limitaciones.

Mientras Hoku los guiaba ahora por la rampa hacia el barco, Mano confió en no estar cometiendo un error. Pero le resultaba difícil decirle que no a Paige. No era más que un crucero con cena alrededor de la zona sur de la isla. El barco contaba con estabilizadores para no moverse mucho y que los clientes pudieran cenar a gusto sin marearse.

–Gracias por hacer esto. Sé que no es tu primera opción para pasar la velada.

Mano dejó a un lado las dudas y trató de ofrecerle su sonrisa más confiada.

–No tengo que guiar el barco, así que estaremos bien. Sinceramente, siempre quise probar este crucero, pero pensé que las vistas serían muy deslucidas.

–Muy gracioso.

–Lo digo en serio. Pero la compañía lo compensa.

–Señor Bishop –una voz masculina los recibió cuando se acercaron al muelle–, gracias por unirse a nosotros esta noche. Solo tiene que dar un paso grande y ya estará seguro en el barco.

Mano sintió cómo Hoku se movía por delante de él y siguió su paso para subir a cubierta con Paige a su lado.

–Si vienen por aquí les llevaré a nuestro muelle de popa, donde estamos sirviendo vino y canapés.

Rodearon el barco siguiendo al encargado hasta llegar a popa, donde fueron recibidos con bebidas y algo de comer para hacer tiempo hasta la hora de la cena. Paige pidió agua con gas y Mano lo mismo. El alcohol le parecía una mala elección, dada la situación.

La sujetó con fuerza a su lado mientras se mezclaban con los demás clientes del crucero. Todo el mundo parecía enamorado de Hoku, a quien le encantaban los halagos. Mano estaba bastante más interesado en la piel desnuda que se encontró cuando le puso la palma de la mano en la espalda a Paige. Movió los dedos con naturalidad intentando encontrar tela y encontró el extremo de seda que bordeaba la indecencia. Al mover la mano hacia arriba se dio cuenta de que tampoco llevaba sujetador. Su espalda era una larga expansión de piel.

Aquella certeza hizo que la sangre se le alborotara en las venas y deseó que la cena empezara pronto para que terminara cuanto antes. Estaba bastante más interesado en llevársela a la suite del hotel.

Cuando por fin les dieron su mesa, se mostró encantado al ver que estaban en una mesa privada solo para dos. Prefería hablar con Paige a solas que continuar con la cháchara general. Ella le leyó las opciones del menú porque no había opción de carta en braille y el camarero les tomó nota.

—¿La mesa es agradable? —preguntó Mano cuando el hombre se fue.

—Oh, sí —contestó Paige—. Estamos justo al lado de la ventana, así que tenemos las mejores vistas del mar. El sol acaba de empezar a ponerse.

Mano asintió.

—Suena bien. ¿Y qué me dices de ti? ¿Qué aspecto tienes esta noche?

—Bueno —murmuró Paige pensativa—, creo que no puedo competir con un atardecer de Oahu, pero me he esforzado.

—Antes he tocado mucha piel —confesó Mano—, te imagino con algo muy ajustado.

—Es un vestido sin espalda ni mangas. Se ata al cuello y la tela cae hasta el suelo.

—¿De qué color es?

—Rojo.

—Me gusta. ¿Qué tono de rojo?

—Rojo oscuro, pero no granate. Ahora me doy cuenta de que como me ha dado mucho sol esta tarde debo parecer una langosta.

—Ya basta, Paige —la atajó Mano con dulzura pero con firmeza.

No entendía por qué siempre tenía que menospreciarse. Parecía tener una opinión muy baja de sí misma, y eso era una pena.

–¿Basta de qué? –preguntó Paige.

Se desvalorizaba a sí misma con tanta facilidad que ni siquiera sabía lo que estaba haciendo. Mano extendió la mano por encima de la mesa y le buscó la cara.

–No te apartes –insistió. Y sintió finalmente su mejilla en la palma–. Paige, he pasado el suficiente tiempo contigo como para saber que eres una mujer hermosa por fuera y por dentro.

–Tú no sabes nada –afirmó ella con rotundidad.

–¿Ah, no? Te he tocado la cara, he besado tus labios, he abrazado tu cuerpo… he aspirado tu aroma y te he saboreado con la lengua. He escuchado tus suaves suspiros y tu risa melódica. No necesito ojos para verte, Paige. Cada palabra que sale de tu boca me convence más y más de lo maravillosa que eres. Me duele escucharte insistir en lo contrario.

El silencio fue la única respuesta que obtuvo. Mano retiró la mano y esperó.

–Tienes razón –dijo finalmente ella en un susurro–. Gracias.

No sonaba muy convincente, pero era un comienzo. Aunque solo fueran a pasar una semana juntos, quería que Paige regresara a su casa sintiéndose que valía un millón de dólares. No era su estilo habitual ejercer de amante y terapeuta al mismo tiempo, pero nunca había conocido a una mujer tan… rota. No tenía razones para serlo. Él era el que estaba roto, y sin embargo tenía más confianza en su dedo meñique que ella en todo su cuerpo. Aquello no estaba bien y Mano estaba decidido a arreglarlo.

59

Al mismo tiempo, empezó a lamentar haberla reprendido. Paige se quedó bastante callada. La cena transcurrió con Mano intentando sacar conversación y ella dando respuestas monosilábicas. Resultaba casi doloroso. Cuando la tripulación anunció que iba a haber baile y música en directo en la cubierta superior, Mano se agarró a la posibilidad.

–¿Te gustaría bailar, *pulelehua*?

Más silencio.

–No soy muy buena bailarina –dijo Paige finalmente.

–No pasa nada. No puedo ver lo mala que eres.

Aquello hizo que Paige se riera entre dientes.

–De acuerdo. ¿Y qué pasa con Hoku?

–Él sí que no sabe bailar. Lo dejaremos a un lado durante un rato.

Mano le tomó la mano y dejó que Paige le guiara hacia la escalera que llevaba a la cubierta principal. Una vez allí, la suave y cálida brisa le revolvió el pelo, aunque Mano se dio cuenta de que había empezado a refrescar con la caída del sol. Uno de los tripulantes se ofreció a cuidar de Hoku, así que Mano le pasó la correa y siguió a Paige a la pista de baile.

La banda estaba tocando una pieza de jazz lenta. Mano le puso el brazo en la parte baja de la espalda y le tomó la mano con la suya. Se movieron al ritmo lento y pausado de la música. Podía sentir cómo Paige vacilaba a cada paso, pero tras unos minutos finalmente se relajó contra él.

–No está tan mal, ¿verdad? –le preguntó.

–No –reconoció ella–. Está muy bien. Nunca antes había bailado una canción lenta con un hombre.

–¿De veras? –Mano no sabía por qué le sorprendía,

después de todo lo que le había contado–. ¿Ni siquiera en el instituto?

–Ahí menos. No era muy popular. ¿Y tú?

–Yo era muy popular –recordó Mano–. Las chicas me adoraban. Y yo a ellas. Las cosas me iban muy bien en ese sentido hasta el accidente.

–¿Las chicas se alejaron de ti cuando perdiste la vista? –Paige parecía asombrada.

–Algunas –dijo Mano. Una en particular, pero no estaba de humor para hablar de Jenna. Prefería que Paige pensara que era un playboy antes que un adolescente de corazón roto que había perdido casi todo lo que quería en un instante–. Creo que las alejé de mí. Estuve tan enfadado tanto tiempo que no me aguantaba ni a mí mismo. No las culpo por alejarse.

–Veo eso mismo en muchos de mis pacientes –explicó Paige–. Muchos de ellos pretendían ser soldados para siempre. Sentían que habían nacido para ello. Y luego una bomba les arrancó los brazos y fueron enviados a casa a vivir una vida que nunca imaginaron. Es duro para ellos. Muchos no se adaptan bien. Invierto mucho tiempo ayudándoles no solo físicamente, sino también emocionalmente. Muchos salen por la puerta y se pegan un tiro en la cabeza. Pero el objetivo es convencerles de que pueden llevar una vida completa. Solo tienen que hacer algunos ajustes.

–¿De verdad crees eso? –preguntó Mano.

–Sí. Lo he visto. La determinación puede llevarte muy lejos. Por ejemplo, mírate a ti: llevas el hotel como una maquina bien engrasada. Es impresionante. No me cabe la menor duda de que si quisieras emprender un nuevo reto tendrías éxito.

–Me recuerdas a mi hermano.

–¿Y eso es malo?

–No. Siempre se muestra muy positivo respecto a que yo podría llevar la vida que quisiera después de sufrir el accidente. Yo nunca lo he tenido tan claro. Creo que se sentía culpable y quería que yo hiciera todo lo que deseara para él no sentir que me había robado mis sueños.

–¿Robarte tus sueños? ¿Cómo iba a ser él responsable de algo así?

Mano se puso tenso. No quería estropear la noche hablando de algo tan oscuro.

–No hablemos más de este asunto esta noche. Te prometo que te lo contaré en otro momento.

–De acuerdo.

El ritmo de la música se hizo más lento, y Paige le sorprendió rodeándole el cuello con los brazos. La estrechó contra su cuerpo y se movieron juntos en la pista de baile. Podía sentir cada centímetro de Paige apretado contra él a través de la fina tela del vestido.

De pronto ya no tenía ningún interés en seguir hablando. Ni siquiera en bailar. Estaba deseando que el barco regresara a puerto para poder quitarle el vestido a Paige y hacerle el amor.

Cuando salieron del ascensor en su planta, Mano la agarró de la cintura. Ella se permitió pegarse contra su cuerpo y disfrutó de la sensación de estar en brazos de un hombre tan fuerte y masculino. Caminar con él aquella tarde no había sido nada comparado con cómo la hacía sentirse ahora. Había insistido en que era guapa, y Paige casi le creía cuando la abrazaba así.

Todo en Mano era impresionante. La hacía sentir

a ella impresionante y deseable. El mero roce de su mano en la espalda aquella noche le había provocado escalofríos en todo el cuerpo. Todavía podía sentir su contacto, como si le hubiera dejado su huella en la piel marcándola.

Nunca imaginó que podría capturar la atención de alguien como Mano, y sin embargo allí estaba, en la puerta de la habitación de su hotel, a punto de invitarle a entrar. Aquello no era propio de Paige. Nunca había tenido aventuras amorosas, principalmente porque no solían ofrecérselas. Pero había algo en la belleza de Mano y en Hawái que se le mezclaba con las hormonas del embarazo y la hacía sentir más valiente de lo habitual.

—Gracias por hacer novillos conmigo hoy —le dijo, en lugar de invitarle a entrar.

Mano acercó la cabeza hacia ella.

—De nada. Haré novillos contigo siempre que me lo pidas, Paige.

—¿Qué te parece mañana? —preguntó ella.

—¿Mañana? —murmuró él con tono bajo y gruñón—. Faltan horas para mañana. Ahora mismo estoy más preocupado por esta noche.

—¿Esta noche? —Paige se revolvió entre sus brazos lo suficiente como para sentir el firme calor de la erección de Mano presionándole el vientre.

No le estaba regalando los oídos. Realmente la deseaba, no cabía duda. Ella también le deseaba, pero en el fragor del momento sintió una punzada de pánico. Estaba a punto de ocurrir de verdad. Solo tenía que decir la palabra. ¿Estaba lista para dar el salto?

Él alzó la mano para acariciarle la mejilla. Luego deslizó la yema del pulgar hacia el labio inferior y después le siguió la boca, presionando los labios sobre los suyos con insistencia. Paige se dio cuenta enseguida de que la respuesta definitiva era un «sí». No podía decirle que no. No cuando la besaba como si no pudiera saciarse de ella.

Paige no estaba acostumbrada a aquel tipo de adoración. Los besos de Wyatt no estaban mal, pero les faltaba chispa. Mano disfrutaba claramente de cada segundo, y ella también. Cuando entreabrió los labios y él le deslizó la lengua dentro, Mano gimió. Aquel sonido gutural y primitivo hizo que el interior de Paige vibrara con un deseo que pocas veces había experimentado con anterioridad.

Finalmente se apartó a duras penas y trató de estabilizarse entre sus brazos. El calor de su piel y su aroma a hombre hicieron que la cabeza le diera vueltas por el deseo. Los pensamientos sobre el mañana se habían desvanecido y lo único que le importaba era el aquí y el ahora. Sabía que se dirigían en espiral hacia aquel momento desde el instante en que se besaron la noche anterior en el balcón. Le deseaba. Solo tenía que ser lo suficientemente osada como para pedirle lo que necesitaba.

—Me gustaría invitarte a mi habitación, pero no sé si prefieres que vayamos a tu suite. Por el bien de Hoku.

Mano sonrió.

—Me parece una idea excelente. Eres muy considerada —se apartó un poco, pero no sin antes tomar la mano de Paige en la suya—. Entonces, ¿en mi suite?

Antes de que ella pudiera entrar en pánico cruzaron el vestíbulo hacia la puerta de Mano, y empezó a ser consciente de la realidad. Una vez dentro, Mano soltó a Hoku y entraron en la cocina.

—¿Qué te apetece beber? Tengo cerveza, una botella de Moscato, zumo de piña y agua con gas.

—Agua con gas —dijo ella.

Había rechazado repetidamente el alcohol cuando Mano se lo ofrecía. Aquello le recordaba que no estaba siendo tan honesta con él como debería. No podía seguir retrasando contárselo. Se había dicho que si las cosas se ponían serias le diría lo del bebé. Bueno, pues las cosas estaban a punto de ponerse serias. Si aquello era un impedimento para que pasaran la noche juntos o ponía fin a sus vacaciones románticas de golpe, que así fuera.

—¿Salimos a la terraza? —preguntó Mano.

—Sí.

Esperó a que él le abriera la botella y se sirviera una cerveza. Luego se acercaron juntos a las puertas del balcón. Estaban sentados en las tumbonas mirando hacia el oscuro mar, y entonces Paige reunió las fuerzas necesarias para decir lo que necesitaba decir.

—Mano, antes de que esto vaya más lejos hay algo que tengo que contarte.

Él agarró la cerveza y le dio un sorbo.

—Dime lo que quieras, *pulelehua*.

—Me voy en menos de una semana, así que en realidad no es muy importante, pero siento que debería contártelo. No me gusta guardar secretos, sobre todo cuando puede suponer un chasco para ti.

Mano se giró hacia ella con el ceño fruncido. Le buscó la mano y se la tomó.

—¿De qué se trata? No estás casada, ¿verdad? —le preguntó con una sonrisa burlona.

—No —contestó ella sacudiendo la cabeza—. Pero estoy embarazada.

—¿Embarazada? —Mano se quedó boquiabierto.

Paige estaba segura de que era lo último que esperaba oír.

–Ya –dijo ella desviando la miranda hacia las olas del mar–. Cuando te dije que mi vida era un poco complicada ahora mismo, me refería a esto.

Mano se llevó la mano al corazón.

–Vas a tener que perdonarme. Es la primera vez que una mujer me dice algo así. He tenido un momento de pánico, aunque sabía que no podía ser mío.

–Lo entiendo. No es algo que uno espera oír.

–Cuando te toqué no me pareció que estuvieras embarazada.

Paige recordó la oleada de pánico que sintió la noche anterior cuando le tocó el vientre.

–Estoy solo de trece semanas. Pronto empezará a notarse.

Mano le dio un sorbo largo a su cerveza.

–Esto explica muchas cosas. No entendía que alguien viniera hasta Hawái y no se tomara al menos un cóctel. Me preguntaba si no serías una alcohólica en recuperación.

–Lo cierto es que me encantaría tomarme un cóctel. Con todo lo que está pasando en mi vida, me vendría bien una copa. O una docena.

–Eso no suena bien. ¿Tienes problemas con el padre del bebé? –preguntó Mano–. Supongo que sí, si no no estarías aquí conmigo.

–Es una larga historia, pero para resumir te diré que no tienes que preocuparte por él. Está completamente fuera de la jugada. De forma permanente –Paige hizo un esfuerzo por contener las lágrimas, pero la cara de preocupación de Mano le hizo saber que no había conseguido disimular.

–¿Sabe lo del bebé?

Paige deseó que no le hubiera hecho aquella pregunta. Había luchado contra eso desde que lo supo. No sabía cómo decírselo, ni si a Wyatt siquiera le importaría. Ahora estaba con Piper. Un hombre que era capaz de saltar de una hermana a otra no era el candidato ideal para convertirse en padre del año. Se lo contaría. Seguramente cuando regresara de Hawái. Pero no esperaba que la conversación fuera bien.

–Todavía no –reconoció–. Como te he dicho, es complicado. No voy a aburrirte con mi lacrimógena historia, pero pase lo que pase no volveré con él. Eso es lo importante. Solo quería decirte la verdad para que supieras que no voy a intentar enredarte y hacerte creer que el niño es tuyo o alguna tontería similar. Pero al mismo tiempo espero que esto no cambie las cosas entre nosotros.

Paige contuvo el aliento a la espera de su respuesta.

–Siento no estar de acuerdo –arguyó Mano–, pero esto sí cambia las cosas. Por ejemplo, ahora que sé que estás embarazada no voy a animarte a hacer paracaidismo ni windsurf.

Paige se rio, aliviada al ver que bromeaba con el asunto en lugar de acompañarla directamente a su suite.

–No soy una mujer frágil, solo estoy embarazada.

–Llevas una vida dentro de ti, *pulelehua*. Diviértete, pero no hay necesidad de ser temeraria.

Paige dejó escapar el aire que estaba reteniendo en los pulmones, aunque seguía teniendo los músculos tensos. Mano parecía haberse tomado la noticia bien, pero no podía estar segura del todo. ¿La trataría ahora con pies de plomo? ¿Le diría que se fuera a su habitación a descansar? No quería saberlo, así que cambió de tema, preguntándole algo que llevaba tiempo pensando.

–A veces me llamas con esa palabra hawaiana… pule… algo. ¿Qué significa?

–*Pulelehua* –Mano repitió aquel sonido tan complicado con naturalidad–. Significa «mariposa».

¿Mariposa? Paige se quedó boquiabierta. ¿Aquel hombre era real? Parecía sacado de una novela, el héroe romántico que dice siempre lo correcto y sabe cómo tocar a una mujer para hacerla derretir de deseo. Paige sintió cómo el calor crecía dentro de ella, y eso que todavía no la había tocado. Era la clase de hombre que una chica como ella no podría tener nunca fuera de las páginas de un libro. Y sin embargo, allí estaba, con ella a punto de entrar en el dormitorio.

–Eso es muy amable por tu parte –dijo–. Pero la mayoría de los días me siento más bien un gusano.

Mano se puso de pie y le tendió la mano. Paige la aceptó y Mano tiró de ella y luego le pasó los brazos por la cintura. A Paige le gustó el modo en que su cuerpo encajaba con el de ella. La presión de sus pequeños y sensibles senos contra su pecho le provocó una sensación que le dificultó la respiración. Pero no podía apartarse. No lo haría. Le temblaban las piernas por el deseo.

–No eres ningún gusano, Paige, aunque a veces tengo la sensación de que sigues escondida en tu capullo de seda, con miedo a salir y extender las alas. Tienes retos importantes por delante, pero no quiero que pienses en ellos mientras estás aquí. Estas son tus vacaciones, y nuestra aventura es justo lo que necesitas para dejar de pensar. No quiero que tengas miedo de mí. No quiero que te contengas. Y menos esta noche.

Paige se estaba conteniendo, pero tenía sus razones para no saltar a sus brazos y besarle hasta perder el sentido.

–¿Cómo no voy a tener miedo? Eres como un sueño

del que tendré que despertarme en cualquier momento. No sé por qué me has escogido a mí, temo que en cualquier momento cambies de opinión.

–Soy un hombre muy decidido. No soy de los que cambian de opinión. Y menos con todo lo que te deseo. Así que esto es algo muy sencillo. ¿Tú me deseas, *pulelehua*?

Paige no pudo evitar sentir cómo se le escapaba el aire de los pulmones al escuchar aquella pregunta. No respondió al instante. Lo que hizo fue inclinarse hacia delante para quitarle las gafas. Mano no se lo impidió y permitió que Paige se fijara en sus preciosos ojos marrones, agradecida de poder verlo entero.

–Sí. Estoy muerta de miedo, pero nunca había deseado tanto a ningún hombre en toda mi vida.

Mano sonrió y le deslizó el dorso de la mano por la mejilla, dejándole un rastro de fuego en la piel.

–Bien. Entremos.

Capítulo Seis

Mano guio a Paige a través del balcón hacia el segundo juego de puertas que se abrían a su suite. Una vez allí le dio la vuelta hasta que sus omóplatos desnudos le presionaron el pecho. Deslizó las palmas desde sus muñecas a los hombros y se detuvo en el cuello, donde encontró e nudo del vestido. Aquella noche llevaba el pelo recogido hacia arriba, así que tenía rápido acceso a la piel desnuda que había estado anhelando en el barco.

Le deslizó suavemente los dedos por la tela mientras se inclinaba para dejarle un rastro de besos en un lado del cuello y a lo largo de los hombros. Cuando finalmente deshizo el nudo, lo soltó para ver hasta dónde caía la tela. Sintió los costados de Paige, encontró la cintura desnuda, luego las caderas y por último los muslos. El vestido había caído directamente al suelo.

–Gracias –le murmuró al oído.

–¿Gracias por qué? –susurró ella casi sin aliento.

–Por llevar un vestido que me ha resultado fácil quitar. Esta noche no tengo paciencia para lidiar con montones de botones y cierres. Me daba miedo tener que romperte el vestido y verme obligado a comprarte otro.

Paige contuvo el aliento, pero Mano no supo si fue por sus palabras o porque sus manos le habían cubierto los senos. Eran pequeños pero firmes, con unos pezones que se endurecían al instante con su contacto. Los masajeó suavemente, apretando las puntas, hasta que sintió cómo Paige se estremecía contra su cuerpo. Arqueó la espalda y apretó las caderas contra su ferviente deseo, haciéndole gemir contra su cuello.

–Ay, Paige –susurró mientras le sostenía un pecho y dejaba que la otra mano viajara hacia el estómago.

Detectó una ligerísima redondez en su vientre que terminó justo cuando llegó al borde del encaje de sus braguitas. Hundió los dedos bajo la tela y la acarició suavemente entre los muslos.

Paige se retorció en sus brazos con el cuerpo agitado por las sensaciones que le provocaba su contacto. Animado, Mano la acarició con más fuerza en círculos lentos hasta que ella jadeó y se agarró desesperadamente a la tela de la chaqueta de su traje. La intención de Mano no había sido llevarla tan lejos antes incluso de que estuvieran en la cama, después de todo él seguía completamente vestido. Pero ahora no estaba dispuesto a soltarla hasta que gritara su nombre.

Acarició su parte más húmeda. A Paige le temblaron las rodillas y se reclinó en él para apoyarse. Aquello le proporcionó a Mano un mejor ángulo para acceder a su cuerpo. Se aprovechó al instante de ello, deslizándole un dedo dentro. Estaba tan apretada que pudo sentir cómo sus músculos se cerraban en su dedo mientras gemía de deseo.

–Mano… –susurró con voz implorante.

Él sintió cómo el resto de su cuerpo se ponía tenso y el corazón le latía con fuerza bajo la otra mano a medida que se acercaba al orgasmo.

–Sí, *pulelehua* –la animó él con un gruñido–. Vuela para mí, mariposa.

Una caricia más y Paige alcanzó el éxtasis entre sus brazos. Se estremeció y gritó, agitando las caderas contra su mano mientras él la sostenía con fuerza para evitar que cayera al suelo.

Mano esperó a que recuperara la respiración y se le tranquilizara el cuerpo.

–Vamos a la cama.

–No voy a decir que no –murmuró ella.

Cuando Paige pudo mantener el equilibrio de pie, dejó que Mano la guiara hacia la cama. Se dejó caer justo al borde y se apresuró a quitarle la camisa. Quería ver y tocar cada centímetro de su cuerpo. Mano no la detuvo. Al revés, la ayudó, quitándose la chaqueta del traje y dejándola sobre la silla de la esquina.

Paige le abrió la camisa y se la sacó del pantalón para poder deslizársela por los hombros. Entonces hizo una pausa para apreciar la belleza de su cuerpo. Tenía el pecho sólido y musculoso y tan bronceado como el resto de su cuerpo. Las cicatrices que había visto aquella mañana a primera hora resultaron ser más numerosas de lo que esperaba. Eran antiguas y estaban casi borradas, solo destacaban porque eran un poco más claras que el resto de su piel.

Paige recorrió con las yemas de los dedos cada músculo, abriéndose camino por su suave pecho y más abajo del estómago para acariciar sus marcados abdominales. Tenía la piel muy suave.

–Tengo que admitir que estoy un poco celosa –reconoció–. Tienes la piel más suave incluso que yo. Y ni un pelo. No es justo, de verdad.

–Qué curioso –Mano se rio entre dientes–. Siempre

he querido tener un poco de pelo en el pecho, lo encuentro muy masculino. Genéticamente no es propio de mi gente. Mi padre era un hombre blanco que vino aquí con el ejército, pero aun así no tuve suerte. Al final ganaron mis genes polinesios.

A Mano le costaba trabajo hablar mientras Paige seguía tocándole. Le deslizó las palmas de las manos por los brazos y los hombros, luego por pecho y finalmente hacia el cinturón. Estaba preparada para el resto de él. El vientre le ardía pensando en lo que vendría a continuación. El clic del cinturón de metal dio paso al sonido de la cremallera bajando. Paige metió la mano dentro con impaciencia, acariciando su enorme erección y provocándole un escalofrío por todo el cuerpo.

—Paige —gruñó Mano.

Pero ella no se detuvo. Ahora le tocaba a ella jugar.

Una mano le acariciaba mientras la otra le quitaba los pantalones y los calzoncillos. Mano dejó otra vez la ropa sobre la silla. Paige supuso que dejar cosas por el suelo sería como convertir el suelo en un campo de minas que tendría que atravesar más adelante.

Ahora Mano estaba desnudo frente a ella como un dios polinesio antiguo. Ni siquiera las cicatrices podían desmerecer su belleza labrada ni la masculinidad de su cuerpo. Todo en él era grande y fuerte. Paige tragó saliva mientras observaba el deseo que sentía hacia ella. Entonces recordó un paso muy importante.

—Antes de que vayamos más allá —dijo—, ¿tienes preservativos en algún lado?

Mano asintió y señaló la mesilla de noche.

—Allí debería haber una caja sin abrir.

Paige abrió el cajón y sacó la caja de preservativos

más grandes que había visto en su vida. No pudo evitar soltar una carcajada nerviosa.

–¿Una caja de veinte?

Mano sonrió y se encogió de hombros.

–Me sentía confiado ayer después de que nos besáramos –admitió–. La compré en la tienda de regalos anoche. Tal vez parezcan muchos, pero vamos a pasar la semana juntos. Creo que puede ser un buen objetivo utilizarlos todos antes de que te vayas.

A Paige le costaba trabajo creer que fueran a tener tanto sexo, nada menos que veinte veces, pero estaba encantada de apuntar alto.

–Ambicioso. Eso me gusta.

Mano se quedó quieto mientras Paige abría un preservativo y se lo colocaba despacio en la erección. Se mordió el labio inferior mientras ella se tomada su tiempo y lo acariciaba.

–Eres muy buena poniendo estas cosas para ser una mujer embarazada.

Paige se rio con ganas al oír aquello.

–*Touché* –siguió acariciándole para atormentarle.

Mano siseó con los dientes apretados y luego se apartó. Pasó por delante de ella hacia la cama y retiró la colcha. Agarró a Paige de la muñeca y tiró de ella hacia la cama. Sus cuerpos se tocaban enteros, piel contra piel por fin, con el deseo de Mano presionando con insistencia contra su vientre.

Volvió a colocar las manos en su cuerpo y buscó su sensible centro. La acarició una y otra vez hasta que Paige estuvo más que preparada para él. Mano la colocó bocarriba y ella abrió las piernas para que pudiera aposentarse ahí. Sin vacilar, Mano se colocó sobre ella y la llenó.

Paige gimió cuando aquella punzada de dolor y placer la atravesó. Cuando la sensación se desvaneció, alzó las caderas para recibirle entero, rodeándole la cintura con las piernas para introducirle hacia dentro. Era una sensación deliciosa, diferente a cualquier otra que había experimentado con anterioridad. A juzgar por cómo apretaba las mandíbulas y los músculos, Mano también estaba disfrutando de la posición. Ella quería dejarse llevar al momento y aliviar la tensión que crecía en su interior. Después de todo les quedaban diecinueve preservativos, pero Paige sabía que Mano no iba a permitir que aquello acabara tan pronto.

Empezó con embates largos, lentos y profundos. Se colocó sobre un brazo y le cubrió un seno con la mano libre. Desde que estaba embarazada tenía los pechos extremadamente sensibles. El pezón se endureció con su contacto, y ella gimió de placer.

Mano se inclinó y le tomó uno de los pezones con la boca. Deslizó la lengua por él, provocando que Paige se estremeciera bajo su peso. El calor húmedo de su boca en la piel hizo que el placer se intensificara.

Mano vaciló un instante y luego redobló sus esfuerzos por complacerla. Movió las caderas en círculos, haciendo que la pelvis se frotara contra su clítoris. Llevaba el ritmo de los embates con la succión de su pecho hasta que Paige gimió y se retorció debajo de él. Nunca antes se había permitido dejarse llevar de aquel modo, pero con Mano sentía que podía hacerlo.

—¿Estás cerca, *pulelehua*?

—Oh, sí —susurró ella—. Muy cerca.

—¿Qué quieres que haga? —le preguntó Mano.

—Ámame con más fuerza —le pidió ella con dulzura—. Lléname, no seas delicado.

Mano soltó un gemido desde lo más profundo de la garganta antes de caer sobre los codos a cada uno de sus costados. Le hundió la mano en el pelo y con la otra le agarró el hombro con fuerza. La embistió una vez con fuerza, haciendo que Paige gritara. Luego continuó con dos embestidas más y después pareció soltar toda la contención que le quedaba. La bombeó con fuerza, sosteniéndole los muslos mientras golpeaba las caderas contra las suyas.

Los gritos de Paige fueron subiendo de volumen cuando Mano desató su pasión en ella.

—¡Sí! ¡Sí! —gritó disfrutando de cada minuto. Le encantaba sentir su piel húmeda por el sudor contra la suya. Tenía todos los sentidos en alerta y cada vez se acercaba más a la cima.

Entonces la alcanzó. Su orgasmo quedó enmarcado en un agudo grito de placer que no pudo contener. Mano siguió penetrándola mientras los músculos internos de Paige se tensaban y lo rodeaban. Antes de que sus últimos gemidos se acallaran, Mano se dejó finalmente ir y se vertió en ella con un gruñido de satisfacción. Paige le recibió entre sus brazos cuando cayó sobre ella agotado. Mano se giró luego y se apoyó contra la almohada. Con una mano sobre su pecho izquierdo, se durmieron juntos, acunados por el latido de sus corazones.

Paige se despertó por la noche con muchísima hambre. Era algo que había empezado a pasarle hacía poco, cuando entró en el segundo trimestre del embarazo. Se levantó lo más silenciosamente que pudo y entró en el baño para ponerse el albornoz de Mano. Luego cruzó la zona de estar y se dirigió a la cocina. Paige abrió la nevera y frunció el ceño. Cerveza, agua, zumos y comida de perro.

–Esto no ayuda –murmuró–. Había más comida en mi habitación de la universidad, y eso que no tenía dinero.

–Eso es porque en la universidad no había servicio de habitaciones.

Sobresaltada, Paige se giró sobre los talones y vio a Mano en la puerta de la cocina. Llevaba puestos unos calzoncillos, pero aparte de eso estaba gloriosamente desnudo.

–Dios, me has asustado.

–Lo siento. Normalmente es la gente la que me sobresalta a mí, y no al revés.

Paige supuso que era lógico.

–No quería despertarte. Lo siento.

–No pasa nada –dijo él, apoyándose contra la pared–. No duermo bien, para mí siempre está oscuro, así que mi cuerpo nunca sabe cuándo es hora de descansar. ¿Qué querías?

Paige suspiró y volvió a abrir la puerta de la nevera, como si eso fuera a cambiar algo.

–Tengo hambre. No debería, son las dos de la mañana, pero el bebé tiene otras ideas.

–Dime qué quieres y haré que lo suban.

–Son las dos de la mañana –repitió Paige–. ¿La cocina no cierra?

–No del todo. Hay un servicio de veinticuatro horas para huéspedes especiales, incluidas las dos suites del ático. Así que tienes suerte, puedes pedir lo que quieras.

Aquello resultaba tentador. O lo sería si supiera qué quería realmente. El bebé no era lo bastante específico.

–¿Tú comerás algo?

–Claro –Mano se encogió de hombros antes de agarrar el teléfono y marcar–. Soy el señor Bishop, quisiera pedir algo de comer. Un segundo –le pasó el teléfono a Paige–. Pide lo que quieras.

Paige pensó que podría acostumbrarse a aquello.

–Hola –dijo agarrando el teléfono–, ¿podría ser queso, un plato de fruta y unas galletas?

–Sí, señora. ¿Algo más? –preguntó la voz al otro lado de la línea.

–Un refresco. Y… un batido de chocolate. Eso es todo.

–Muy bien, señora. Enseguida se lo subimos.

Cuando colgó, Mano estaba sonriendo.

–¿Qué pasa? –preguntó ella.

–Nada –Mano avanzó unos cuantos pasos en su dirección y Paige se refugió en sus brazos–. Que eres adorable.

–¿Adorable? –repitió ella–. Me gusta, pero no era lo que pretendía.

Mano se rio.

–Bueno, antes eras una tigresa salvaje y sexy, por si eso te hace sentir mejor. Ahora mismo tú y tus antojos sois adorables.

Paige apoyó la cabeza en su pecho.

–Ahora son adorables, pero no lo serán cuando esté sola en mi casa y no haya servicio de habitaciones que me traiga lo que quiero. Entonces será muy triste.

Mano apretó los labios.

–¿Estás segura de que el padre no estará ahí para ti?

La mente de Paige se dirigió hacia la perturbadora imagen de su hermana en brazos de Wyatt. Le resultó casi tan extraño como hablar del padre de su bebé con su nuevo amante.

—Sí, completamente segura. Y también estoy segura de que no quiero que esté ahí. Fue una mala elección. Mis necesidades biológicas y emocionales fueron más fuertes que mi sentido común. Al menos espero que el bebé se parezca a él físicamente. Es muy guapo. Y podré criar al niño para que sea más amable y generoso de lo que él fue. Eso será más fácil sin su influencia.

Mano frunció el ceño.

—No me gusta la idea de que tengas que hacer esto sola.

Paige aspiró con fuerza el aire. A ella tampoco.

—Sí, bueno, las cosas son como son. El bebé y yo estaremos bien solos.

—¿Y... y si te mudas aquí?

Paige se quedó paralizada. ¿Qué diablos quería decir con eso? Mano tenía una expresión muy seria, pero no podía ser verdad.

—¿Mudarme aquí? Apenas puedo permitirme vivir en San Diego, así que mucho menos pagar un alquiler en Oahu.

—No tendrías que hacerlo —insistió Mano—. Yo podría conseguirte un sitio. Asegurarme de que el bebé y tú tengáis todo lo que necesitáis. Podrías trabajar o no, como quisieras. ¿No te facilitaría eso las cosas?

—Sin duda, pero, ¿qué conseguirías tú a cambio? ¿Sería tu botiquín de urgencia para cuando te sintieras solo?

—¿Qué? —Mano parecía horrorizado—. ¡No! Solo intento ser amable. No estoy comprando tu afecto como si fueras una prostituta. Esto no tiene contrapartida, aunque no volvamos a acostarnos juntos. Te pedí una semana, y eso es lo único que te pediré.

Daba igual lo que saliera de su boca, Paige seguía

sin entender de qué hablaba. ¿Por qué se ofrecería un hombre a ayudar a una mujer embarazada de otro hombre sin pedir nada a cambio?

–¿Por qué quieres hacer algo así? Apenas me conoces.

–Sé lo suficiente. Tengo más dinero del que puedo gastar y me da la impresión de que estás en un momento difícil. Déjame ayudarte.

Paige abrió los ojos de par en par.

–Oh, no –afirmó con rotundidad–. No quiero ser un caso de beneficencia. Pero gracias de todos modos.

–Contigo es imposible. O quiero conseguir algo de esto y te sientes utilizada o no quiero y sientes que te tengo lástima. Me gustaría que no lo vieras de ese modo –Mano se acercó y le puso las manos en los brazos–. Déjame hacer esto por ti. Quiero hacerlo. Al menos, piénsatelo.

Sonó el timbre de la suite y Paige agradeció la interrupción.

–Yo abro –dijo apartándose de su contacto.

Abrió la puerta y entró el servicio de habitaciones con un carrito.

–¿Dónde quiere que lo ponga? –preguntó el hombre.

Ella señaló hacia la mesa del comedor.

–Ahí está bien –le dio una generosa propina y el hombre desapareció, dejándola a solas con un delicioso batido de chocolate y una conversación incómoda.

Paige optó por ignorar la conversación anterior y centrarse en la comida. Bajo la tapa había una bandeja muy arreglada con al menos cinco tipos de queso, una variedad de galletas, fresas, uvas, piña y rodajas de manzana. Era justo lo que quería.

–¿Quieres comer en el balcón? –preguntó Mano.

–Si no te importa me gustaría llevármelo a la cama. Como muchas veces en la cama en mi casa.

–Ningún problema –Paige agarró la bandeja y se la llevó al dormitorio. La colocó a los pies de la cama y puso la bebida y el batido en la mesilla. Apiló las almohadas en alto a su espalda y se acurrucó bajo las sábanas. Mano se unió a ella, y afortunadamente no sacó la conversación anterior.

Hablaron de cosas sin importancia mientras comían. Paige incluso compartió el batido con él. Fue un momento relajado y divertido juntos en medio de la noche. No había tenido muchas experiencias en las que el sexo fuera seguido de conversación y mimos. Era muy agradable. Estar con Mano era muy agradable.

Pero cuando terminaron de comer y decidieron volver a dormir, Paige no pudo desconectar la mente. Los pensamientos le cruzaban a mucha velocidad y no podía procesarlos. Se quedó tumbada con Mano roncando suavemente a su lado. Era increíble estar allí a su lado. Maravilloso. Disfrutaba de estar con él más de lo que nunca esperó.

Y tal vez aquel fuera el problema que le causaba su proposición. No le había pedido que se quedara porque la amara. Solo llevaban juntos unos días, así que si le decía algo así se preguntaría si estaba loco. No le había pedido que se mudara allí porque quisiera estar con ella más de una semana. Aquello tal vez habría bastado para que lo considerara. Lo que quería hacer era intentar resolver sus problemas y ayudarla a ocuparse de su bebé, algo muy noble. Pero no era lo que quería de él.

Criar al niño sola sería duro. Tendría que dejarlo muchas horas en la guardería y contratar una niñera para cuando tuviera turno de noche. Habría días terribles en los que ninguno de los dos dormiría y estarían agotados. Pero estarían unidos.

Paige se había preguntado con frecuencia si se pasaría la mayor parte de su vida sola. Nunca había tenido una relación lo bastante seria como para verse casada y con hijos. Wyatt era un imbécil redomado, pero le había dado algo que nunca esperó tener. Pasara lo que pasara tendría a su hijo y no estaría sola. Siempre habría en el mundo una pequeña parte de ella que la querría de forma incondicional, le daría besos y se acordaría de su cumpleaños.

Y tal vez en algún momento del futuro tendría unos nietos a los que querer y mimar. No podía pedir nada mejor.

No, por muy generosa que fuera la oferta de Mano, no podía aceptarla. Paige haría aquello sola.

Capítulo Siete

–Trabajas demasiado, Mano. Anoche te llamé a las nueve y media y saltó el buzón de voz.

–*Aloha* para ti también, Kalani –le dijo Mano a su hermano al responder su llamada.

Por mucho que odiara haber dejado a Paige dormida en la cama, tenía que trabajar un poco aquel día. Había bajado pronto con la esperanza de poder tomarse quizá medio día libre.

Le gustaba hacer novillos con Paige, pero tenía un hotel que dirigir.

–¿Qué te hace pensar que no te contesté porque estaba trabajando?

–¿Hay otra opción en tu caso? –preguntó Kal riéndose–. Ni que estuviera con una mujer…

Mano sonrió en silencio mientras esperaba a que Kal uniera solo las piezas.

–¿Estabas con una mujer? Eso sí que es todo un cambio. Y bueno.

–Cállate –le regañó Mano–. Ni que fuera mi primera cita. He estado con muchas mujeres.

–Sí, la última hace cinco meses –le recordó su hermano.

En eso tenía razón.

–Seguramente. Ya sabes cómo soy. Un par de veces al año, si tengo suerte, encuentro una dama que me interesa para pasar un tiempo con ella. Y eso es lo que acaba de ocurrir. He encontrado una mujer con la que pasar una semana.

–¿Y quién es esta vez? ¿Una modelo de ropa interior?

–No. De hecho es una enfermera de San Diego.

–Una opción interesante. ¿Y qué te ha atraído de ella?

–Su olor. Y su torpeza. Me resultó encantadora –Mano sonrió–. Ayer me tomé el día libre para pasarlo con ella.

–¿De veras? –Mano percibió el tono de incredulidad en la voz de Kal–. No recuerdo que hicieras algo así por Miss Qatar cuando estuviste con ella.

–Porque estaba aquí con unas amigas y salía con ellas durante el día. Paige está aquí sola.

–¿Qué clase de persona viaja a Hawái sola?

Mano suspiró. No quería contarle a Kal los detalles de la historia de Paige.

–La clase de persona que necesita vacaciones y un guía para la zona –le espetó con cierta aspereza.

–De acuerdo, de acuerdo. ¿Y cuánto tiempo se va a quedar la enfermera en la ciudad?

–Hasta el viernes por la tarde.

–Qué lástima, entonces no la conoceré. Vuelo el domingo para el cumpleaños de Tutu Ani. No te habrás olvidado de su fiesta, ¿verdad?

–No –mintió Mano–. ¿Cómo iba a olvidarme del cumpleaños de nuestra abuela? Pero pensé que estarías demasiado ocupado para venir.

–Tú eres el adicto al trabajo, hermanito, no yo. Por supuesto que voy a ir. Tras una semana con tu amiga, supongo que estarás de buen humor cuando llegue.

–No te hagas muchas ilusiones. Ya sabes que esas grandes reuniones familiares siempre me ponen tenso.

–Estar con la familia debería hacerte sentir cómodo –arguyó Kal.

–Sí, bueno, yo solo me siento cómodo en Mau Loa. Pero iré por Tutu Ani.

Sinceramente, no era solo la ubicación lo que estresaba a Mano. Toda la familia, las bienintencionadas pero pesadas tías que lo trataban como a un inválido, los niños corriendo por delante de él y poniendo nervioso a Hoku…

–Ya sabes que lo vamos a celebrar en casa de la tía Kini.

Gracias a Dios que Paige estaba allí. Era lo único que Mano podía decir al respecto. Era una distracción bienvenida frente al caos que se avecinaba. Diablos, había olvidado completamente el cumpleaños de su abuela hasta que Kal lo mencionó. Le encantaría volver a perder la memoria en brazos de Paige.

–¿Le hemos comprado un regalo? –preguntó. No se acordaba.

Kal suspiró al teléfono.

–Sí. Fuimos a comprarle un collar con una perla de los mares del sur y cierre de diamante. ¿No te acuerdas que me enviaste un cheque? La gente suele acordarse cuando gasta tanto dinero.

Mano se limitó a encogerse de hombros.

–Ambos tenemos más dinero del que podemos gastar. No presto atención a ese tipo de cosas.

–Bueno, pues al menos presta atención al móvil. Voy a enviarte un mensaje cuando mi avión salga de Maui, necesito que me envíes el coche para ir a buscarme.

–De acuerdo. Te veré el domingo. No te lo tomes como algo personal si no contesto al teléfono hasta entonces.

Kal soltó una carcajada antes de colgar. Mano quería mucho a su hermano, pero no le importaba que ahora vivieran en islas separadas. Le gustaba tener su propio espacio, alejado de su hermano y del resto de la familia. En Mau Loa estaba al mando y se sentía seguro de sus movimientos. Aunque sabían que llevaba el negocio familiar con soltura, su familia seguía tendiendo a tratarle como si fuera incapaz de hacer nada por sí mismo.

Desde luego no creerían lo que había hecho durante los últimos días. Sus pequeñas aventuras con Paige habían sido algo fuera de lo normal para él. Aunque le hacían sentirse incómodo, eran un disparo de emoción en la vida que se había creado, tan predecible y aburrida.

Paige no era para nada así, y eso le gustaba de ella. Le hacía desear por primera vez que no fuera una turista. Con aquellas aventuras cortas, Mano siempre tenía claro cuándo iba a terminar la relación. No había motivo para preocuparse por una ruptura desagradable o porque una mujer le dejara como había hecho Jenna. Paige era la primera mujer que le había hecho querer más. No sabía qué más quería, pero no deseaba que terminara la semana.

Pero terminaría, así que necesitaba prepararse mentalmente para ello. Ella había rechazado directamente su proposición de que se quedara en Oahu. La oferta había sido en parte egoísta. Podía ayudarla y quería hacerlo, sobre todo si se quedaba en su vida un poco más. Su reacción negativa le había dejado helado. Eso significaba que por muy encantadora, sexy y maravillosa que fuera Paige no podía dejarse atrapar por aquello. Solo era una aventura. Era lo único que quería. Solo necesitaba recordárselo a sí mismo cuando la tenía cerca.

El teléfono de Mano volvió a sonar, pero esta vez era un mensaje. Apretó el botón para que el móvil lo leyera.

Era Paige.

¡Te has escapado de mí! Creí que íbamos a pasar el día juntos.

Mano se rio y apretó el botón para dictar una respuesta.

Todavía es pronto, *pulelehua*. Todavía nos queda mucho tiempo para estar juntos hoy.

El móvil volvió a sonar.

Bien, pero si vamos a ir a la orilla norte y volver no podemos salir muy tarde.

Mano alzó las cejas con curiosidad al escuchar su repuesta. ¿La orilla norte? Ni siquiera habían hablado de ella.

¿Es ahí donde vamos a ir hoy?

Sí. Vamos a comprar gambas al ajillo y arroz en un camión de comida para comerlo en la playa.

Ah. Así que había estado leyendo los folletos turísticos que le dejó.

Reservaré un coche del hotel.

Mano habló con el responsable de la flota de coches de alquiler con una sonrisa. Sabía exactamente qué coche necesitaban: el descapotable rojo cereza. El pequeño BMW era uno de los toques especiales que había añadido al hotel para que los clientes exclusivos lo usaran en la isla. Su corazón adolescente deseaba ser él quien condujera, era el coche con el que había soñado cuando cumplió dieciséis años. Pero se conformaba con ir de copiloto. Ir al lado de Paige bastaba para que el corazón se le acelerara y para sentir la adrenalina en las venas.

Iban a hacer aquella excursión para que Paige conociera un poco más la isla, pero él estaba bastante más interesado en volver al hotel para poder hacerla suya de nuevo. A menos, por supuesto, que encontraran un lugar lo bastante escondido en la orilla norte…

Aquello era lo más complicado de comer y lo más rico que Paige había probado en su vida. Una vieja camioneta blanca de comida situada en un área al lado de la autopista acababa de servirle un delicioso plato de gambas con ajo y mantequilla, y le caían trozos de mantequilla y gotas de aceite de oliva por los antebrazos mientras intentaba comer. Man había optado por las gambas picantes, y Paige se fijó en que se le habían formado gotas de sudor en la frente por el picor. Se habían llevado la comida a una roca recóndita que había al lado de la orilla unos kilómetros más allá, donde Paige colocó una tela sobre un trozo de arena seca para hacer un picnic.

El mar era más salvaje allí en la orilla norte, menos cuidado y preparado para los turistas que Waikiki. Sobre la arena había trozos de rocas volcánicas y ramas de árboles caídos. Las aguas más profundas eran de un color azul tormenta, pero las pocitas que había justo delante de ellos eran transparentes. Paige pensó en meter los pies en ellas antes de irse.

–Este sitio es precioso –dijo, sintiéndose culpable al instante porque él no podía verlo–. Hace un día precioso.

–Siempre me gustó venir aquí –reconoció Mano dándole un sorbo a su bebida–. Cuando era adolescente, mis amigos y yo veníamos aquí a fingir que éramos surfistas profesionales. Me sorprende que ninguno de nosotros se matara. Aquí las olas son para expertos, pero queríamos impresionar a las chicas.

–No puedo creer que te pusieras en peligro para impresionar a una chica.

–A una chica en particular –admitió él–. Salimos durante dos años. Jenna –se estremeció al pronunciar su nombre, como si le doliera–. Estaba loco por ella. Habría hecho cualquier estupidez posible con tal de verla sonreír y mirarme orgullosa.

–¿Qué pasó con Jenna? –Paige sintió que no debía husmear, pero al mismo tiempo quería saber, ya que él había sacado el tema.

–Como en casi todo lo que ha sucedido en mi vida, lo que pasó fue el accidente.

–¿Vas a hablarme de ello ahora, ya que no quisiste hacerlo anoche?

Mano suspiró y puso sobre la tela su caja de comida.

–¿De verdad quieres estropear un precioso día de playa en Hawái escuchando mi lastimera historia?

–Sí.

Mano se encogió de hombros y se inclinó hacia delante para pinchar la comida con el tenedor.

–Mi hermano Kal jugaba al fútbol en la Universidad de Hawái. Mis padres y yo íbamos en coche al estadio para ver un partido. En el camino hacia allí nos encontramos con una de esas tormentas repentinas que tenemos por aquí. No fue gran cosa, pasó a los pocos minutos, pero de frente vino un todoterreno que iba demasiado rápido en una curva. Yo estaba en el asiento de atrás, así que no tengo muy claro qué sucedió. Pero la policía dijo que el todoterreno pisó un charco de agua y se deslizó por el agua a toda velocidad.

Paige contuvo el aliento mientras le contaba la historia. Sabía que no terminaría bien.

—Tuvieron que usar maquinaria pesada para sacarnos del coche, pero yo no recuerdo nada. Me desperté en el hospital un par de días después y empecé a gritar porque no veía. Tuvieron que sedarme y atarme los brazos porque estaba enloquecido. No me importaba tener el brazo roto. Le di un golpe sin querer a una enfermera con la escayola y le dejé el ojo morado. No sabía que estaba ahí. Pero en ese momento me daba igual, solo quería saber cuándo iba a recuperar la vista.

Mano sacudió la cabeza y frunció el ceño.

—Estaba en un estado tan alterado que tardaron casi una semana en decirme que mis padres habían muerto. No acudí a su entierro porque estaba en el hospital. Karl y mis abuelos tuvieron que enfrentarse a todo aquello solos.

—Siento lo de tus padres. No sabía nada —Paige nunca pensó que la historia pudiera ser peor de lo que ella había imaginado.

—Sí. Creo que lo más duro para mí fue no tener la oportunidad de pasar el luto por ellos. Desaparecieron en un abrir y cerrar de ojos. Cuando salí del hospital estuve haciendo rehabilitación y entrenándome para mi nueva discapacidad. Tuve que aprender braille y adaptar todos los aspectos de mi vida a la ceguera. Tecnológicamente es mejor ahora, pero hace una década todo era cuesta arriba. No tuve tiempo para pensar en su pérdida y en lo que suponía para mí.

—¿Y el resto de la familia?

—Mis abuelos volvieron a hacerse con el control del hotel. Se retiraron cuando les pasaron la responsabilidad a mis padres, pero sabía que ni Kal ni yo estábamos preparados para esa responsabilidad. Kal dejó la universidad lo que quedaba de semestre y volvió a casa a cuidar de mí. Creo que se sentía culpable. No se apartaba de mí ni un instante.

—¿Por qué? ¿La culpabilidad del superviviente?

—No exactamente. Creo que sentía que nada de esto hubiera ocurrido si él no hubiera querido que fuéramos a verle jugar aquella noche. Es ridículo, pero aunque él no lo diga yo creo que lo piensa. Su vida se ha convertido en una penitencia. Cambió completamente de rumbo y fue como si agarrara mi vida donde yo la dejé para que mis sueños pudieran cumplirse de un modo retorcido. El hotel Maui era mi plan. Él lo abrió para mí. No era lo mismo, pero yo se lo agradecí. Cuando fui lo bastante mayor me encargué del hotel Oahu porque me resultaba más familiar y estaba más cómodo en él. Convertí uno de los áticos en mi apartamento para no tener que preocuparme del mundo exterior a Mau Loa. Y aquí estoy.

—¿Y qué fue de Jenna?

Por primera vez desde que empezó a contarle su historia, Mano se giró para mirar hacia el mar. Apretó las mandíbulas. Hoku pareció notar su cambio de humor y apoyó la cabeza en el muslo de Mano. Mano la acarició distraídamente.

—También teníamos grandes planes. Pensábamos ir juntos a la universidad, casarnos y dirigir el nuevo complejo hotelero en equipo como hicieron mis padres y mis abuelos. Al principio estuvo a mi lado, pero creo que tenía expectativas erróneas. Me daba la impresión de que pensaba que si se aguantaba lo suficiente, yo recuperaría la visión y podríamos seguir adelante con nuestros planes. Al ver que eso no pasaba, se fue.

–¿De verdad? –a Paige se le encogió el corazón solo de pensar en ello.

–Sí. Dijo que era demasiado joven para tirar su vida por la borda cuidando de mí. Y tenía razón. No la culpo por irse. Ya era bastante carga para mi familia. No tenía interés en ser una roca que tirara hacia abajo de ella. Ni de ninguna otra mujer.

Paige se sentó sobre lo talones y pensó en su confesión. Había visto lo mismo con sus soldados. Aunque morirían por sus hermanos, se negaban a ser un lastre pare ellos ni para nadie. Algunos de ellos habrían preferido morir en el campo de batalla antes que volver a casa y ser una carga para familiares y amigos. Muchos apartaban a la gente de sí, no dejaban que nadie se acercara demasiado a ellos.

–Entonces, ¿esa es la razón por la que un magnate de la hostelería sigue soltero y está sentado en la playa conmigo en lugar de haciéndole carantoñas a su bella esposa y jugando con sus hijos?

Mano se encogió de hombros. No parecía querer ahondar demasiado en el asunto.

–No tiene sentido perder el tiempo en relaciones reales. Pasar esta semana contigo y otra con otra mujer de vez en cuando es lo único que necesito. Obtengo la pasión y la emoción y todo termina antes de que las cosas se estropeen.

Mano tenía razón. Por mucho que ella quisiera saber de su pasado, la historia le había dado un giro sombrío a su tarde. El aceite de las gambas empezó a darle vueltas en el estómago. Sabía que el tiempo que pasarían juntos sería corto y sin ataduras, pero saber que mantenía a las mujeres a distancia, incluida ella, la entristecía. No se hacía ilusiones románticas respecto a ellos dos, pero se dio cuenta de que Mano le importaba más de lo que quería. Y él también tenía interés en Paige y en el bebé a su manera. Si no fuera así no le habría ofrecido su ayuda.

Paige intentó aligerar un poco la intensidad de la situación.

—Así que solo me deseas porque me iré dentro de unos días —bromeó, agradeciendo que Mano no pudiera ver el brillo de tristeza en sus ojos—. Dime la verdad.

Mano se puso contento al instante, encantado de dejar toda aquella historia a un lado.

—Cuanto menos tiempo nos queda juntos, más te deseo —Mano se inclinó hacia ella y le hizo un gesto para que le besara. Ella obedeció y presionó los labios contra los suyos. Se entregó en aquel beso. Después de todo, en eso consistía aquella semana. De disfrutar del placer. No de ahondar en el pasado ni preocuparse por el futuro. Aunque le costara trabajo apagar esas partes de su cerebro.

Cuando Mano le encontró un pecho y se lo cubrió por encima de la camiseta, Paige consiguió por fin centrarse en el momento. Gimió suavemente contra sus labios mientras él le acariciaba los pezones con los pulgares a través de la fina tela de algodón. Aquel día no se había puesto sujetador, era una de las ventajas de ser una mujer delgada y con poco pecho. Eso significaba que había poca separación entre ellos.

Paige se recostó sobre la tela y dejó que Mano se tumbara a su lado. Él tiró suavemente del escote de su camiseta, dejándole al descubierto un pecho para poder capturárselo con la boca. Paige hundió los dedos en las largas y oscuras ondas de su pelo y lo atrajo hacia sí.

Le encantaba perderse en la sensación de estar con

Mano. Sentir su boca y sus manos en el cuerpo era algo completamente distinto a lo que había vivido con anterioridad. No había vacilación en sus caricias. Mano parecía convencido de que ella era hermosa, y por el momento le dejaría creerlo. Tal vez pudieran pasar la semana sin que él averiguara la verdad.

A la larga alguien se lo diría. Tal vez el personal del hotel. Quizá escucharía decir a alguien en voz alta qué hacía un hombre como él con una mujer así. Aquello le llevaría a preguntarse cosas. Pero por el momento intentaría disfrutarlo.

Había mucha libertad en el hecho de estar con un hombre que no podía verla. A Paige le llevó un tiempo no tener que estar constantemente pendiente de sí misma, pero cuando se acostumbró, le encantaba. Alguien podría considerar una cruel ironía que una mujer poco atractiva terminara con un hombre ciego, pero para ella era un alivio.

Intentó no permitir que aquellos pensamientos le estropearan el momento y se centró en las caricias de Mano. Había deslizado la mano dentro de sus pantalones cortos y le estaba buscando el centro. Empezó a acariciarla, primero despacio y luego con más fuerza. Paige contuvo el aliento cuando las sensaciones hicieron explosión dentro de ella. Estaba a punto de alcanzar el orgasmo en menos de un minuto. No podía creer la rapidez con la que Mano manipulaba su cuerpo.

Miró a su alrededor asustada a medida que se iba acercando más… cualquiera podría verlos así. A Mano no parecía importarle, por supuesto, pero él no se daría cuenta si había alguien mirando.

–Alguien podría vernos –jadeó Paige.

Mano alzó la cabeza de su seno.

—Lo dudo.

—¿Y si nos oyen?

Mano se rio entre dientes y le mordisqueó el cuello sin ralentizar la sensual exploración de su cuerpo.

—¿Tienes pensado gritar muy fuerte?

—Tal vez no tenga elección.

—Bien.

Mano la frotó con más fuerza y hundió el dedo en su interior, acariciándola desde dentro también. La combinación resultó explosiva y la mandó hacia el abismo sin importarle que les estuvieran mirando o no. La besó justo cuando alcanzaba la cúspide y le calmó los gritos con la boca hasta que finalmente se quedó muy quieta a su lado.

Cuando regresó a la realidad, un sonido captó la atención de Paige. Se recolocó rápidamente la camisa y se sentó en la tela.

Un coche había parado detrás del suyo, y una familia entera se estaba bajando, riendo y hablando a la vez. Vio al padre sacar unas sillas y una nevera portátil y supo que su pequeño oasis privado había desaparecido. Justo a tiempo.

—Creo que será mejor que acabemos lo que hemos empezado en el hotel —dijo.

—Seguramente sí —reconoció Mano sentándose para quitarse la arena de las piernas—. Una cosa es un pequeño magreo, pero si llegamos más lejos la arena se mete por todas partes. Es muy incómodo.

Paige sonrió y se inclinó para darle un beso.

—¿Entonces me estás prometiendo llegar más lejos cuando regresamos al hotel?

Mano la atrajo hacia sí y la besó con más pasión.

—No lo dudes.

Capítulo Ocho

Paige abrió un ojo al recibir la primera luz de la mañana. Vio a Mano poniéndose la chaqueta del traje y frunció el ceño.

–¿Adónde vas? –preguntó haciendo un puchero.

–A trabajar. Solo un rato –dijo él sentándose al borde de la cama. Se inclinó y ella le recibió a mitad de camino con un beso de despedida–. Un par de horas. Me reuniré contigo para comer. ¿Qué vas a hacer esta mañana mientras yo no esté?

Paige consideró sus opciones. Ya era jueves y había muchas partes del complejo que no conocía. Debería aprovechar la oportunidad para explorar algo más que la cama de Mano.

–He pensado en ir a echar un vistazo a las tiendas. Y también en bajar a la piscina. Todavía no he ido.

–Eso estaría bien. Ve primero a nadar, la mayoría de las tiendas no abren hasta las diez. Cuando hayas terminado de ducharte, ya habrán abierto.

Paige torció el gesto.

–Es una buena idea. Aunque no creo que me compre nada. Las tiendas aquí son muy exclusivas y no voy a volver con un bolso de Louis Vuitton.

Él le acarició la mejilla con el dorso de la mano. Paige deseó que no tuviera que irse a trabajar tan pronto.

–Si quieres uno deberías comprártelo. Di que lo carguen a mi nombre. Cualquier cosa que quieras.

Paige soltó una carcajada y él frunció el ceño.

–¿Qué te hace tanta gracia? –preguntó.

–Tú. Desde que llegué a Hawái es como si viviera en una dimensión alternativa. Suites en el ático, servicio de habitaciones, tú diciéndome que puedo comprar lo que quiera… es todo un poco ridículo. De veras. Deberías ver mi apartamento. Te quedarías horrorizado.

Mano suspiró y sacudió la cabeza.

–Entonces considera tu tiempo aquí como un espacio para mimarte. Quiero decir… cómprate algo hoy. Consultaré mis cargos, y si no hay nada me llevaré una decepción.

–De acuerdo –admitió finalmente ella. Su intención era comprar un paquete de chicles para decir que había comprado algo.

Mano se inclinó para darle otro beso antes de silbarle a Hoku.

–Me reuniré contigo a mediodía para comer, ¿de acuerdo? Te enviaré un mensaje para saber dónde estás.

Paige asintió y le vio marcharse. Se tumbó de espaldas y luego se estiró perezosamente en la cama de matrimonio mirando al techo. Unas horas en la piscina era justo lo que necesitaba. Todavía era muy pronto, así que no tendría que pelearse por conseguir una tumbona.

Se recogió el pelo en un moño en lo alto de la cabeza y luego se puso el biquini que se había comprado para el viaje. Era azul brillante y púrpura, con cuello halter y pantalones cortos tipo chico para dar impresión de que tenía unas curvas que no poseía.

Antes de ponerse el pareo, decidió embadurnarse de crema de protección solar. Al deslizar las manos por el vientre se dio cuenta de que por fin se le empezaba a notar. Era un cambio sutil, una curva mínima, pero bastaba para que ella lo notara. Se giró para mirarse de lado en el espejo y admirar el bulto de su floreciente bebé.

En aquel momento solo parecía que había comido demasiado, pero a partir de entonces crecería cada vez a un ritmo mayor. El bebé doblaría su tamaño cada pocas semanas. Le resultaba fácil ignorar su situación cuando tenía el vientre liso, pero pronto su embarazo sería obvio para cualquiera que la viera.

Paige suspiró, se envolvió en el pareo azul y recogió las cosas que se iba a llevar a la piscina. Metió en la bolsa de playa el protector solar, el móvil, auriculares y un libro y bajó.

Le resultaba difícil creer que no hubiera ido a la piscina todavía. Paige la había admirado cada vez que pasaba por ahí, pero ni siquiera una vez se había mojado los pies. Era preciosa, y sintió como si la llamara. Parecía una laguna natural rodeada de grandes piedras y plantas de hoja verde, como si estuviera situada en medio de un bosque tropical.

Paige encontró una tumbona en una esquina con un poco de sombra. Se tumbó sobre una de las esponjosas toallas del hotel y miró a su alrededor para ver si alguien la estaba mirando antes de quitarse el pareo. No había moros en la costa, así que se lo sacó y lo puso sobre la silla.

Uno de los encargados de la piscina se acercó a ella transcurridos unos minutos.

—¿Quiere que le traiga algo? –le preguntó.

—Un zumo de piña y agua con gas estaría bien, gracias.

El camarero desapareció, y Paige se relajó un poco

en la silla. Cerró los ojos y trató de disfrutar de la sensación del sol en la piel. Lo único que le faltaba era un poco de música, así que sacó el móvil y los auriculares de la bolsa y buscó su lista de reproducción favorita.

Justo antes de darle al botón de reproducción se fijó en las dos mujeres que estaban sentadas en las tumbonas cercanas. No les había prestado mucha atención, no tenía ganas de hablar. Pero cuando la primera canción terminó con un pequeño periodo de silencio antes de la siguiente, captó un trozo de la conversación que estaban teniendo.

—Esta es la mujer de la que te estaba hablando —dijo la rubia intentando hablar bajo, aunque sin conseguirlo.

—¿Esta? ¿De verdad? —su amiga, una mujer morena, parecía asombrada.

Paige sabía que podría subir la música y acallar sus voces, pero le dio al botón de pausa para poder escuchar sin que ellas lo supieran.

—Es increíble, ¿verdad? Los vi juntos la otra noche. Ni siquiera arreglada tenía nada que valiera la pena mirar. No entiendo qué puede ver en ella. Ah, espera —la rubia se rio—. Es que no ve nada.

Las dos mujeres se rieron y Paige apretó los dientes. Estaba acostumbrada a que la gente opinara sobre ella, pero no le gustaba escuchar cómo se burlaban de Mano.

—Tienes los auriculares puestos, ¿verdad? —preguntó la morena.

—Sí, no puede oírnos. Pero aunque pudiera… ella sabe igual que nosotras que no pegan nada. Un hombre tan rico y tan guapo como él nunca estaría con alguien así si no fuera ciego.

Paige hizo un esfuerzo para no reaccionar y confió en que las gafas de sol ocultaran las emociones que estaba sintiendo. No tendría que haber escuchado aquella conversación. Sabía a lo que se exponía y ahora había permitido que le estropearan una mañana perfecta en la piscina. La parte más dolorosa del asunto era que la mujer tenía razón. Paige sabía que no pegaban nada, y estaba de acuerdo con ellas. Había tenido el mismo pensamiento una docena de veces desde que Mano la besó. ¿Sentiría lo mismo si pudiera verla? Le preocupaba que la respuesta fuera no.

—Parece que estás celosa —se burló la morena.

—¡No estoy celosa! —le espetó la otra mujer—. Solo creo que si ese hombre nos tuviera a las dos delante y pudiera vernos para comparar, sería yo la que estaría en esa suite tan elegante con él y no ella.

—¿De verdad quieres a un hombre ciego? No podría valorar tus nuevos senos.

La rubia se rio.

—Pero tienes manos, ¿no? Y además, ¿a quién le importa? Es el dueño del hotel. Es asquerosamente rico. Yo viviría feliz a su costa mientras él iba por ahí dando tumbos con ese perro. Quiero decir, ¿quién sería tan tonta para rechazar algo así, aunque sea ciego?

El camarero regresó con la bebida de Paige y un plato de fruta y queso que ella no había pedido.

—¿Qué es esto? —preguntó.

—Tengo órdenes del señor Bishop de traerle algo de comer. Ha insistido en que el bebé necesita comer —el hombre dejó el plato sobre la mesa a su lado y dejó también la bebida.

No se dio cuenta de que las mujeres de al lado se quedaban boquiabiertas. Si pensaban que estaba esperando un hijo de Mano, seguramente les estallaría la cabeza. Que lo pensaran.

–Gracias –le dijo al camarero.

–Esto tiene que ser una broma –susurró la rubia.

–Cielos, espero que el bebé se parezca a él.

Aquello era más de lo que Paige podía soportar. Volvió a encender la música y trató de centrarse en la comida. Aunque ya no podía seguir escuchando sus venenosas palabras, no lo necesitaba. El daño ya estaba hecho. La poca autoestima que Mano había creado en ella durante las últimas semanas desapareció, y Paige se sintió tan fea y poco digna de amor como el día que descubrió que Wyatt estaba con Piper.

–Vamos a dar un paseo por la playa –sugirió Mano–. Está a punto de ponerse el sol.

Paige se acurrucó más contra él en el sofá.

–Estoy muy bien aquí.

–Ya, pero dentro de unos días podrás sentarte en el sofá y no hacer nada. No podrás caminar por la playa de Waikiki ni ver cómo el cielo cambia de color al ponerse el sol.

–Sí –contestó ella–. Pero no puedo hacer ninguna de esas dos cosas contigo.

Mano la atrajo hacia sí con más fuerza y la besó en la coronilla.

–Si tu único requisito es estar conmigo, lo vas a estar cuando caminemos por la playa.

Paige gruñó, pero terminó incorporándose. Mano silbó a Hoku y se prepararon para bajar. Confiaba en que Paige no se diera cuenta de que se había metido en el bolsillo de los pantalones cortos el regalo que le había comprado. Tal y como esperaba, ella no había aprovechado su oferta de comprarse algo, así que Mano había tomado la iniciativa escogiendo un regalo para ella.

Bajaron la escalera y cruzaron el jardín hasta llegar a la playa. Una vez allí se quitaron los zapatos. Caminaron juntos de la mano por la orilla. Mano podía sentir el calor del sol disminuyendo a medida que se iba hundiendo en el mar. El agua les mojaba los pies mientras caminaban, Hoku iba trotando alegremente delante de ellos.

—Tenías razón —admitió Paige tras unos minutos caminando—. Esto es mejor que el sofá.

—Te lo dije. Y también te digo que va a mejorar.

Paige no lo cuestionó, y cuando se habían alejado un poco del hotel, Mano decidió que había llegado el momento de darle el regalo. Aquel día había estado más callada y reservada de lo habitual. Confiaba en que el regalo le hiciera ilusión.

—Quiero que cierres los ojos —le pidió.

Ella se rio.

—¿No crees que al menos uno de nosotros debe ser capaz de ver dónde vamos?

—No vamos a seguir andando. Quédate quieta y cierra los ojos. Si no te los taparé con la mano.

—De acuerdo, de acuerdo.

Mano le rozó las mejillas con las yemas de los dedos y sintió sus gruesas pestañas.

—Muy bien —Hoku se detuvo al lado de ellos y Mano agarró suavemente a Paige por los hombros—. No los abras.

Mano sacó del bolsillo la cajita alargada de terciopelo que le habían dado en la joyería del hotel. La abrió lo más silenciosamente que pudo y sacó el collar que

102

tenía dentro. Sintió el cierre y lo abrió tal y como le había enseñado el joyero, y luego le rodeó el cuello con él.

—Sigue con los ojos cerrados —insistió cerrando el collar.

—Esto me está matando —murmuró Paige.

—Lo sé. De acuerdo, abre los ojos.

Mano contuvo el aliento mientras esperaba su reacción. Por lo que percibió, no hubo ninguna. Ni un grito, ni un salto. Estaba seguro de que el joyero del hotel no le había vendido nada de mala calidad, sobre todo porque le había costado seis cifras.

—¿Lo has abierto? —preguntó.

—Sí —la respuesta fue apenas un susurro.

—¿Y? ¿Te gusta? —confiaba en que fuera así.

El joyero le había ayudado a escoger un exquisito collar de perlas negras del sur separadas por pequeños diamantes de diez quilates. Le dijo que el brillo de las perlas era espectacular. Mano sabía que aquel era el regalo ideal para ella, un pequeño trozo de arena transformado en una preciosa y peculiar gema. Confiaba en que Paige también se viera a sí misma como una gema preciosa en lugar de como un granito de arena.

—Sí —dijo ella tras un instante de vacilación.

Mano frunció el ceño.

—Pues no lo parece. Pensé que te gustaría. Te pedí que escogieras algo y no lo hiciste, así que escogí esto para ti. Quería que tuvieras algo especial que te ayudara a recordar esta semana.

Paige le sostuvo la cara con ambas manos.

—No necesito un collar carísimo para recordar esta semana, Mano. Estoy convencida de que nunca la olvidaré.

Mano se alegró de oír aquello, pero no cambiaba nada.

–Bueno, entonces considéralo como un regalo de agradecimiento. Me has sacado del hotel, me has obligado a salir de mi zona de confort y me has ayudado a darme cuenta de que tal vez no necesite estar cada momento del día en el complejo del hotel.

–Habría bastado con un simple «gracias». Este collar es…

Se estaba mostrando reticente, y eso que Mano sabía que no tenía ni idea de cuánto costaba.

–No, no basta con dar las gracias. Te he comprado este collar porque quiero que lo tengas, Paige. ¿Para qué me sirve el dinero si no puedo gastarlo en las cosas en las que quiero gastarlo? Por favor, dame una alegría y acéptalo.

Escuchó cómo Paige suspiraba fuerte.

–De acuerdo. Gracias. Es precioso, Mano –se inclinó y le dio un suave beso de agradecimiento.

Luego emprendieron el camino de regreso al hotel sin ninguna prisa.

–¿Cómo quieres pasar la noche, Paige? Esta noche se celebra en el hotel la fiesta de la luz de luna, por si te apetece ir. También podemos ir a cenar a algún sitio donde puedas ir arreglada y mostrar tu nuevo collar.

–No creo que tenga nada que ponerme que pueda hacerle justicia a este collar. En este momento me siento un poco ridícula llevándolo, porque estoy en vaqueros cortos y camiseta.

–Una mujer hermosa que lleve una joya bonita no necesita un vestido elegante.

–Tengo una idea –dijo Paige acercándose más a él–. ¿Qué te parece si nos quedamos esta noche, pedimos algo al servicio de habitaciones y yo me pongo el collar? ¿Solamente el collar?

Mano sintió cómo todo el cuerpo se le tensaba ante la sugerencia. La sangre empezó a bullirle en las venas y le entraron ganas de volver a toda prisa al hotel. Por muchas veces que poseyera a Paige, siempre quería más.

—Es una oferta tentadora.

Paige le hacía desear muchas cosas que no esperaba. Era muchas cosas diferentes en una sola persona, y nunca imaginó que encontraría una mujer así. Había tenido varias aventuras a lo largo de los años, pero siempre se había mostrado contento cuando terminaban. Nunca se sintió tentado de ir a buscar a ninguna de aquellas mujeres, invitarlas a que volvieran a visitar la isla o pensar siquiera demasiado en ellas una vez que se habían marchado.

Mano tenía la sensación de que con Paige no iba a ser lo mismo. Una semana no era suficiente. El tiempo que tenían para estar juntos no era suficiente. Su risa melódica y sus tiernas caricias lo perseguirían durante semanas.

Pero, ¿sería justo pedirle algo más? Mano no lo creía. ¿Bastaría otra semana para calmarle el alma? ¿Y si no era así? ¿Y si quería más? ¿Y si estaba pensando en un «para siempre»?

Mano apartó de sí aquel pensamiento. Ese tipo de fantasías eran todavía peor que desear volver a ver. ¿Por qué deseaba tanto estar con Paige? ¿Por qué tenía que pasarle justo con una mujer cuya vida era tan complicada que no tenían ninguna posibilidad de un futuro juntos?

Paige tenía su vida en California y no sería tan fácil

dejarla atrás sin más. Estaba convencida de que el padre de su hijo no querría formar parte de su vida, pero, ¿y si se equivocaba? Paige no podría sacar al niño del estado.

Perdido como estaba en sus pensamientos, Mano metió el pie en un agujero que había en la arena y cayó de bruces al agua, mojándose la ropa y llenándose de arena.

Hoku gimió a su lado, lamiéndole la oreja para asegurarse de que estaba bien.

–¡Oh, Dios mío! –exclamó Paige.

Se puso de cuclillas a su lado y le ofreció el brazo para ayudarle a levantarse, pero él no lo aceptó. Se incorporó solo y se apartó la arena de la cara y del pecho. Apretó las mandíbulas con gesto irritado. Hacía mucho tiempo que no se caía. Y tenía que pasarle justo delante de Paige.

–¿Estás bien? –le preguntó ella.

–Sí –contestó Mano con tirantez.

Agarró el collar de Hoku, volvió a tomarle a ella la mano y siguió caminando por la playa. La rabia y la irritación le bullían en las venas mientras caminaban juntos. Aquella era una de las razones por las que no salía del complejo. Era un entorno controlado en el que pocas cosas quedaban al azar para él. Fuera, en el mundo exterior, podía pasar cualquier cosa. Hoku no podía ver ni evitarle todos los obstáculos en la vida.

Había sido un accidente sin importancia, pero Mano lo reconoció como lo que era: un recordatorio. Toda esa historia de Paige mudándose a Hawái para estar con él era ridícula. Aunque ella se quedara, aunque le amara, incluso aunque el padre del bebé no formara parte de su vida… Mano seguía siendo ciego. Se las manejaba bastante bien solo, pero, ¿serviría de alguna ayuda a Paige y al niño? Seguramente supondría una carga adicional más.

–¿Seguro que estás bien? –insistió Paige cuando salieron de la playa para tomar el camino que llevaba a Mau Loa.

–Sí, seguro –contestó él. Se lavaron los pies antes de volver a calzarse–. Solo tengo herido el orgullo.

Afortunadamente, Paige no le presionó sobre el asunto. Ni siquiera hablaron mientras cruzaban los jardines del resort camino al ascensor.

–He estado pensando –dijo Mano finalmente. Las palabras le salieron antes de detenerse a pensar en ellas.

–¿Sobre qué?

Mano consideró la posibilidad de verterle todo el contenido de su cabeza en el regazo. Tal vez estuviera equivocado y ella pudiera darle alguna esperanza o alguna idea sobre cómo tener una posibilidad juntos. O quizá no. Tal vez echaría por tierra la idea entera y el poco tiempo que les quedaba juntos quedaría ensombrecido por la nube negra de su rechazo. Necesitaba soltar completamente la idea de futuro.

–Sobre lo de ponerte el collar y nada más –dijo con una sonrisa.

–Eres un chico malo –se río ella agarrándole del brazo.

Mejor eso que un idiota, pensó Mano mientras se dirigían a la suite.

Capítulo Nueve

Paige no se sentía cómoda llevando aquel collar en público. No porque no fuera bonito ni porque no se sintiera orgullosa de llevarlo, sino porque le daba miedo que la atracaran. Había visto aquel collar en el escaparte de la joyería cuando fue a dar una vuelta tras el incidente de la piscina. Collares más pequeños y menos impresionantes que aquel la habían dejado boquiabierta por el precio, así que no podía ni imaginar lo que Mano había pagado por este.

Cuando volviera a casa tendría que empezar a pensar en hacer un seguro y contratar una caja de seguridad. Aquel no era el típico collar que se guardaba en el cajón de la ropa interior con los pendientes que te regalaron los padres en la graduación.

Sin embargo, cuando por fin estuvieron a salvo en la suite del hotel y Mano se fue a dar una ducha, Paige pudo finalmente permitirse disfrutar de él. Buscó su reflejo en las puertas de cristal que daban al balcón y admiró el collar. Era increíblemente hermoso, con aquellas perlas de diferentes tonos grises.

—¿Paige? —la llamó Mano tras salir del baño libre de arena unos minutos después.

—Estoy en las puertas del balcón admirando mi nueva belleza —dijo ella.

Mano se acercó adonde ella estaba. Apretó el pecho desnudo contra su espalda y le rodeó la cintura con los

108

brazos. Le colocó las palmas de las manos alrededor de su recién redondeado vientre con gesto protector.

Paige observó su reflejo en el cristal cuando él le besó el hombro desnudo. Resultaba un poco surrealista verse en la puerta con un hombre como Mano abrazándola. Por mucho que la adulara y por mucho que venerara su cuerpo en la cama, no podía creer que hubiera terminado donde ahora estaba. Se suponía que iba a pasarse la semana leyendo un libro en la playa.

Mano era una sorpresa inesperada y muy bienvenida en su vida. Solo llevaban una semana juntos, pero parecía mucho más. Era como si siempre hubiera formado parte de su vida. No sabía qué iba a hacer cuando ya no fuera así. Habían accedido a que fuera una aventura sin ataduras, un romance vacacional para olvidarse un rato de la realidad. Eso no incluía un futuro. Y sin embargo, no podía evitar desear que no fuera así.

Desgraciadamente, lo que Paige quería no existía. Mano se había ofrecido a cuidar de ella. Por muy amable que pudiera parecer sobre el papel, no podía aceptarlo de ninguna manera. No podía estar cerca de él, aceptar su dinero, criar a su hijo y que no formara realmente parte de su vida. Si se mudaba a Hawái sería porque Mano la amara y quería tenerla allí con él. Tras la conversación en la orilla norte sobre Jenna y su indisponibilidad emocional para las mujeres, sabía que estaba condenada. Había hecho una broma del asunto en el momento, pero en el fondo sabía que se estaba enamorando de un hombre que nunca se enamoraría de ella.

Mano le deslizó las manos por los brazos desnudos, sus besos le provocaron un escalofrío por el cuerpo que le erizó la piel. Paige se recostó contra él.

—No estoy preparado para dejarte ir todavía —susurró Mano poniendo voz a sus propios pensamientos.

Ella deseó que lo dijera de verdad.

—No tienes por qué hacerlo —dijo dándose la vuelta entre sus brazos para mirarle—. Puedes abrazarme toda la noche si quieres.

Paige se sacó la camiseta por la cabeza, dejando al descubierto sus senos desnudos. Dejó la prenda a un lado para que pudieran estar piel con piel. Mano siempre tenía la piel caliente. Ella siempre estaba fría a pesar del clima templado de California. Estar envuelta en el calor de Mano era como volver a casa y envolverse en una manta calentita.

Entonces él la besó. Fue el beso más dulce y tierno que habían compartido hasta el momento. No había vacilación ni resistencia, ni desesperación alimentada por el deseo. Solo una dulzura que a Paige le llenó los ojos de lágrimas. Se alegraba de que él no pudiera verlo. No quería estropear el momento porque las emociones fueran más fuertes que ella.

Tal vez se debiera a las hormonas del embarazo. Sí, eso debía ser.

Le tomó de la mano y le guio al dormitorio. Le quitó la toalla de la cadera y lo sentó al borde del colchón. Sus pantalones vaqueros cortos siguieron a la toalla. Luego, como habían acordado, Paige se quedó únicamente con el collar.

La idea de que Mano fantaseara con ella de ese modo la hacía sentirse audaz. Se colocó entre sus muslos y le tomó las manos entre las suyas. Las movió por la piel desnuda y luego las llevó a las perlas que le rodeaban el cuello.

—Tal y como pediste —dijo.

Mano apretó las mandíbulas y aspiró con fuerza el aire. Tomó a Paige de la mano para recostarse más en la cama. El cuerpo de ella cubrió el suyo. Cada centímetro de su piel se apoyó contra sus fuertes músculos. Mano le sostuvo la cara y volvió a poner sus labios en los suyos.

–¿Qué quieres que haga? –le susurró ella en los labios.

–Lo que tú quieras.

Paige se mordió el labio inferior y consideró sus opciones. Subió las piernas para colocarse a horcajadas encima de él. No era una posición en la que hubiera estado alguna vez cómoda, pero aquella era su oportunidad para dejarse ir de verdad.

Él extendió la mano para buscar uno de sus últimos preservativos y se lo puso. Paige no necesitaba esperarle, estaba lista desde el momento que él la tocó. Mano le agarró las caderas con las manos y ella se recolocó encima. La posición le adentraba con más profundidad que nunca en su interior, llenándola hasta el punto que casi se sintió vacilante pera seguir. Ralentizó el ritmo y dejó que su cuerpo se relajara, asentándose completamente contra sus caderas.

Mano gimió y presionó las yemas de los dedos con fuerza contra su piel.

– Ay, Paige –consiguió decir apretando los dientes–. Eres deliciosa.

Así se sentía ella. Su confianza aumentó al sentir cómo la urgía. Puso las palmas en el duro muro de su pecho y se inclinó despacio hacia delante, hundiéndose más profundamente en él. Curvó los labios en una sonrisa. Aquello le gustaba. Mucho.

Paige observó cada aleteo de emoción en el rostro

de Mano mientras se movía, estudiando qué provocaba la mejor reacción en él. Cuando veía que estaba cerca se retiraba, llevándole cada vez más y más hacia el abismo. Ella también se acercaba más al clímax con cada movimiento que hacía. Sus cuerpos parecían hechos el uno para el otro, todo movimiento entre ellos resultaba increíble.

Paige nunca había tenido semejante control ni se había encontrado tan segura de sí misma en la cama. Era una ola de excitación que la urgía a seguir. Quería saber cómo moverse exactamente para que Mano se volviera loco, quería saber cómo tocarle para que se le tensaran las mandíbulas y el cuerpo.

Y lo más importante: no quería que aquel momento acabara. Había como una sensación de fatalidad esta vez en su acto amoroso. Seguramente no sería su último encuentro sexual antes de que ella volviera a casa, pero el reloj de arena empezaba a consumirse. El día siguiente lo dedicaría a la despedida de su abuelo. Luego retomaría su vida donde la había dejado. Una vida sin Mano. Los ojos se le volvieron a llenar de lágrimas. No podía evitarlo. Mientras se movía despacio y le torturaba, sintió cómo las emociones empezaban a sobrepasarla. ¿Cómo era posible que Mano se hubiera convertido en una parte de su vida tan importante en tan breve espacio de tiempo? ¿Cómo iba a seguir adelante sin el hombre al que amaba?

Paige vaciló un instante al darse cuenta del rumbo que habían tomado sus pensamientos. No tenía sentido negarlo. Estaba enamorada de Mano. Había roto las reglas de su aventura y había perdido completamente la cabeza por un hombre que nunca podría conservar. No había alegría en aquella certeza; el corazón no se le desbordó de felicidad como había imaginado que le pasaría cuando finalmente se enamorara de alguien.

Era tal y como le había dicho a Mano aquella noche después de su primer beso. No podía tener una relación porque su vida era muy complicada. Y ahora resultaba que se había complicado diez veces más.

Mano la devolvió al momento presente:

—Bésame, *pulelehua* —le pidió.

Paige se reclinó y se entregó al beso. Se rindió completamente porque no sabía qué más hacer. No sabía qué le traería el año próximo, pero ahora tenía aquel momento con Mano y disfrutaría cada segundo de él.

Cuando sus labios se unieron, los dedos de Mano le presionaron las caderas y la movió con más fuerza contra él. La fricción creó una deliciosa tensión en el interior de Paige, y sabía que no lo resistiría demasiado tiempo. En cuestión de segundos los dos alcanzaron el orgasmo y sus voces se unieron en eco en el espacio abierto de la suite.

Paige cayó sobre la cama a su lado y se acurrucó contra su cuerpo.

—¿Qué voy a hacer sin ti? —le susurró Mano al oído.

—La vida continua —respondió ella, sabiendo que para él sería así. Para Paige sería mucho más duro estar sin él.

—¿Por qué el tiempo pasa tan deprisa en Hawái?

Mano se giró hacia ella con el ceño fruncido.

—¿A qué te refieres?

Estaban sentados en el balcón de la suite bebiendo un zumo mientras Paige veía el amanecer. Resultaba difícil creer que aquel sería el último amanecer hawaiano que veía. Le parecía que fue ayer cuando estaba en la playa sola preguntándose cómo iba a pasar el tiempo que estuviera en Hawái.

–Una semana en cualquier otro sitio me habría llevado más tiempo. Siento como si acabara de llegar y sin embargo hoy vuelvo a casa.

Él sonrió y le buscó la mano.

–¿Te has parado a pensar que eso se debe a que has pasado gran parte de tu viaje en mi cama? El tiempo vuela cuando uno se divierte.

–¿Ese es el problema? –preguntó Paige riéndose–. Entonces todo es culpa tuya.

Mano se encogió de hombros ante la acusación.

–Te dije que era un guía de viajes terrible –su expresión se volvió más seria–. Resulta difícil creer que te vayas esta noche. ¿A qué hora es el funeral de tu abuelo en Pearl Harbour?

–A las dos de la tarde. Luego tengo que hacer la maleta para ir al aeropuerto.

–Entonces este es nuestro último día juntos.

Las palabras se quedaron como colgando en el aire entre ellos. Paige no quería soltar aquel momento con él. Pero sabía que tenía que hacerlo. Había aprovechado hasta el último minuto de su última noche juntos, sobre todo cuando se durmió entre sus brazos. Al despertarse tuvo una sensación agridulce. Al día siguiente volvería a la realidad. A casa y a los planes para el bebé. A su turno en el hospital. A decirle a Wyatt que iba a ser padre.

Le había resultado muy fácil perderse allí. Se había acostumbrado al servicio de habitaciones y a las sábanas de hilo. En la ducha de su casa no tenía jabones de coco y toallas esponjosas y recién lavadas. Su abuelo le había regalado aquellos momentos en el paraíso, pero pronto tendría que enfrentarse a la realidad que llevaba una semana ignorando. Deseó poder posponerlo un poco más, pero sabía que si lo hacía le dolería todavía más.

—Ojalá pudieras quedarte un poco más.

Paige se incorporó sobresaltada y apartó la mano de la suya. Mano había dicho lo mismo que ella estaba pensando pero que no se atrevía a decir en voz alta. No podía decirlo en serio. Al menos no del modo en que ella quería que lo dijera. Seguramente quería que se quedara una semana más, no toda la vida, como ella quería.

—No digas eso —le reprendió—. Solo hará que me resulte más difícil volver a casa y enfrentarme a la realidad. Quedarme en Hawái no es una opción y los dos lo sabemos.

—Yo no lo sé. Además, ¿quién puso esa norma?

—El universo, Mano. Aunque pudiera quedarme, ¿qué implicaría eso para nosotros? No mucho. Tú mismo dijiste que tus relaciones nunca duran más de una semana.

Mano se inclinó hacia delante en la silla y apoyó los codos en las rodillas.

—Eres la primea mujer que conozco que me hace desear romper esa norma.

Sus palabras se le clavaron en el pecho, pero sabía que no podía permitir que sus sentimientos se apoderaran de ella como la noche anterior, urgiéndola a tomar una decisión precipitada de la que más adelante se arrepentiría, y que al final complicaría mucho más las cosas.

—Eso dices ahora —insistió—. Pero te aseguro que cuando me vaya te sentirás aliviado.

Mano dio un respingo, como si le hubieran golpeado. Frunció todavía más el ceño cuando se giró hacia ella.

–¿Por qué dices eso?

Paige sabía que tenía que convencerle de la verdad. Se olvidaría de ella, y prefería que la recordara con cariño durante un breve espacio de tiempo a que se cansara de ella y quisiera que se marchara.

–Porque sé que es verdad. Por mucho que me gustaría sé que no soy una mujer para ti, Mano. Hemos estado juntos durante un breve y maravilloso espacio de tiempo, pero no durará. No puede. Estoy segura de que por ahí hay alguien perfecto para ti. Alguien cuya vida no sea tan complicada como la mía.

–¿Qué sabes tú sobre quién es perfecto para mí? –había un tono de irritación en su voz.

–Sé el aspecto que tengo, y tú no. Sé que puedes encontrar a alguien mejor. Quiero darte las gracias por todo lo que me has dicho esta semana. Ha sido maravilloso para mi autoestima, pero la verdad es que estás fuera de mi liga.

–No es cierto –le espetó Mano.

–Mano, si pudieras verme nunca te habrías acercado a mí –era verdad y ella lo sabía. Aquellas mujeres de la piscina se lo habían recordado.

Él sacudió la cabeza, se reclinó en la silla y se apartó de ella.

–Eso no es verdad. Sé exactamente qué aspecto tienes.

Ella le miró con recelo.

Paige le miró con recelo.

–Dime cómo es posible eso.

–Bueno, para empezar he tocado cada centímetro de tu cuerpo. No hay nada masculino en ti, Paige.

–No es lo mismo.

–Tal vez. Pero también tengo un equipo de mil personas en el hotel. Son mis ojos y mis oídos. Pregunté por ti al principio y me dijeron exactamente qué aspecto tienes.

Paige se quedó boquiabierta. ¿Sería posible que lo hubiera sabido todo aquel tiempo? No podía ser cierto si estaba allí sentado pidiéndole que se quedara más tiempo con él. Y sin embargo, Paige era consciente de que siempre llevaba el auricular puesto y siempre estaba en comunicación con su equipo. Le parecía perfectamente natural que le informaran si él preguntaba algo.

–Tú crees que he estado bajo una especie de engaño todo el rato, pero no es así. Sé exactamente cómo eres, por fuera y por dentro. Incluso un hombre ciego puede ver la luz pura que brilla desde tu interior. Eres una buena persona. He pasado esta semana contigo y te he hecho el amor porque me gustas tal y como eres, Paige.

Ella intentó no llorar al escuchar sus palabras. Ningún hombre le había dicho nunca algo así. Todos los cumplidos que le había hecho Mano durante aquella semana, todos los halagos, los había tomado con pinzas porque no sabía que conociera la verdad respecto a ella. ¿Y si lo había dicho todo de corazón?

–¿Quieres saber lo que dicen los miembros de mi equipo sobre ti? –preguntó Mano.

Lo cierto era que no, pero Paige supuso que se lo diría de todas formas.

–¿Qué?

–Al principio me resultó muy frustrante porque varios de ellos no se habían fijado si quiera en ti. Me veían hablando contigo pero no podían decirme nada sobre ti. Parecía casi como si fueras un fantasma, invisible para todo el mundo excepto para mí. No podía entender por qué no se habían fijado en ti. A mí desde luego me llamaste la atención desde que nos conocimos.

–Me tropecé contigo. Seguro que esas otras personas me recordarían si les hubiera pasado lo mismo.

–Esa fue la mejor manera de que me fijara en ti, por supuesto. Pero no podía evitar preguntarme si tú querías ser invisible deliberadamente y yo era el único del que no podías esconderte.

–No intento esconderme adrede –comenzó a decir Paige. Pero se detuvo. Aquello era una mentira y ella lo sabía–. De acuerdo, tal vez sí. He escuchado tantos comentarios crueles a lo largo de los años que tal vez quise desaparecer. Ahora ya me he acostumbrado a que la gente no me vea. Y la verdad, prefiero que la gente no me vea si lo único que tienen que ofrecer es una crítica destructiva. Prefiero ser invisible que ser acosada.

Mano guardó silencio durante un instante y se giró hacia el mar. Parecía estar considerando sus palabras.

–Paige, ¿crees que al decirme todo esto voy a cambiar de opinión respecto a querer que te quedes? Tengo la sensación de que intentas convencerme para que te deje ir.

Ella suspiró. En cierto sentido era justo lo contrario. Quería quedarse, entregarse a lo que estaba sintiendo y renunciar a su vida entera para quedarse allí con él. Pero Paige ya había cometido un error sentimental mayúsculo aquel año. No podía permitirse otro. ¿Qué le quedaría si se entregaba a esto y luego Mano cambiaba de idea? Mano se había pasado toda su vida adulta evitando la intimidad auténtica. ¿De verdad pensaba Paige que ella era la mujer que podría cambiarle para siempre? No. No lo creía.

—Solo intento adelantarme antes de que tú lo hagas.

Mano sacudió la cabeza y apretó los labios en gesto de desaprobación.

—Eso es ridículo.

—Tal vez. Pero sé cómo terminan los cuentos de hadas para las chicas como yo —suspiró—. ¿Quieres saber qué pasó con el padre del bebé?

Mano se puso tenso en el asiento, pero luego asintió.

—Por favor.

—De acuerdo, te lo contaré. Me dejó por mi hermana, que es más guapa que yo —dijo Paige soltando la parte más dolorosa al principio para que el resto resultara más fácil—. Desde el instituto, cuando los chicos empezaron a mirar a las chicas con otros ojos, la que les gustaba era Piper. Y luego, en la universidad y después, los hombres la han preferido siempre a ella y por una buena razón. Solo nos llevamos un año y a la gente siempre le cuesta trabajo creer que somos hermanas porque no nos parecemos en nada. Ella es opuesta a mí en todos los sentidos, tiene lo mejor de nuestros padres. Yo siempre he sentido que a mí me tocaron las sobras.

—Descríbemela —le pidió Mano—. Quiero saber qué tiene ella que consideras tan especial en comparación contigo.

—Bueno, para empezar tiene el pelo con reflejos dorados naturales y una onda que hace que le caiga por la espalda de un modo precioso. El mío es soso y liso y no me lo puedo rizar. Ella tiene curvas en los lugares correctos, mientras que yo soy delgada y tengo la constitución de un chico de doce años. Su rostro es el de un ángel con grandes ojos de gacela y labios carnosos. Yo tengo los labios finos y la nariz y la barbilla demasiado puntiagudas. No podemos ser más diferentes.

–Eso parece. Pero, ¿por qué te comparas de ese modo con tu hermana? Si yo me comparara con Kal me volvería loco.

–Porque es lo que todo el mundo hace –respondió Paige–. Toda mi vida he sido ignorada frente a Piper.

–No lo entiendo. No has descrito nada importante –observó Mano–. Tendrás que perdonarme, ya sé que soy ciego y todo eso, pero mis prioridades son un poco distintas. ¿Es inteligente o cariñosa como tú? ¿Es divertida y amable? ¿Se dedicaría a cuidar de veteranos de guerra heridos o prefiere hacerse las uñas?

Paige se quedó en silencio. No estaba muy segura de cómo responder a aquella pregunta, aunque la respuesta era bastante evidente para ella. Piper no era insulsa ni desconsiderada, solo tenía otras prioridades. Era estilista, así que el foco de su vida era enteramente visual. Pero no era egoísta. Había intentado cambiarle la imagen a Paige muchas veces, pero ella nunca se había dejado.

–Tú eres una minoría, Mano. La mayoría de los hombres babea cuando está cerca de ella, y como te he dicho antes, con Wyatt no fue diferente. Cuando me dejó por Piper fue el último eslabón en la cadena de mi vida. Fue como si ya no existiera para él. Ni siquiera tuvo el valor de decirme que ya no estábamos saliendo. Solo desapareció: dejó de llamarme y de enviarme mensajes… y luego apareció en un evento familiar del brazo de mi hermana.

–Está claro que Wyatt es un imbécil, pero, ¿qué clase de hermana hace algo así? ¿Tan cruel es?

Paige se encogió de hombros.

–No, es más bien una cuestión de ignorancia. Piper no piensa en nadie más que en sí misma, así ha sido siempre. Creo que para ella lo natural era que un hombre la prefiriera antes que a mí, así que no debería sentirme dolida.

–¿Sentirte dolida? –exclamó Mano–. ¿Te robó al padre de tu hijo y no se te permite que te duela?

–Ninguno de los dos sabe que estoy embarazada. No se lo he dicho a nadie más que a ti.

–Entonces, ¿esa es la razón por la que el padre del niño no formará parte de su vida? ¿Porque estará demasiado ocupado siendo su tío?

Aquello sonaba terrible. Una parte de Paige confiaba en que rompieran antes de que aquello se convirtiera en realidad.

–Algo así. Aunque dejaran de verse yo no volvería con él. Lo tengo claro. Gracias a ti. Pero sé que lo que tenemos tú y yo no puede durar. Mañana me subiré a un avión y volveré a casa. Regresaré a la realidad y tendré que enfrentarme a todo lo que he apartado a un lado mientras estuve aquí.

»Mientras esté decorando la habitación del bebé y reorganizando mi vida entera, tú estarás aquí dirigiendo tu hotel. Tal vez tardes unas semanas o incluso meses, pero te olvidarás de mí. Pasarás otra semana con otra mujer y seguirás adelante. Tal vez algún día se te pase yo por la cabeza y te preguntes cómo estoy y si el bebé fue niño o niña. Pero ese es el único futuro que tenemos juntos, Mano. Solo ha sido una aventura. Maravillosa, pero una aventura.

Capítulo Diez

—Voy a meterme en la ducha —dijo Mano.

Tras el desayuno al amanecer y la deprimente conversación, Mano no había sabido qué decirle a Paige. No había forma de convencerla para que se quedara ni de que era lo suficientemente buena para él. No quería arrastrarle a la complicada vida que tenía, y la rotundidad de sus palabras le convenció de que aquel era el fin de la conversación.

Volvieron a la cama para echar una cabezada y una deliciosa ronda de sexo de despedida. Mano se había tomado su tiempo haciéndole el amor sabiendo que era la última vez. Ahora que todo había terminado, sabía que tenía que marcharse de allí antes de cometer alguna estupidez.

Se levantó de la cama y desapareció en el cuarto de baño para preparase para el funeral. Consideró sus opciones mientras se lavaba la cabeza. Paige había estado distraída y distante, algo normal teniendo en cuenta que estaban a punto de hundir las cenizas de su abuelo en el mar. Pero parecía que hubiera algo más. Era como si estuviera anticipando el final y quisiera separarse de él antes de que todo acabara. Seguramente era la postura más inteligente. ¿Cuánto tiempo le quedaba a Mano? No mucho. Horas.

Ella había insistido en que no podía quedarse y que Mano no hablaba en serio respecto a ellos dos. Pero él sabía que no era así. No sentía lo mismo que otras veces. Paige era distinta. Él se sentía distinto. Solo tenía que encontrar la manera de convencerla. No era como las demás mujeres que habían pasado por su vida, y deseó que ella pudiera entenderlo. Quería que se quedara. Quería ayudarla a criar ese bebé. Confiaba en poder amarla tan bien que algún día llegara a olvidar lo que Wyatt le había hecho.

Se formó un plan en la cabeza cuando salió de la ducha. Le diría lo que sentía. Diría las palabras que nunca antes había dicho en voz alta. Eso la convencería de que iba en serio y entonces se quedaría. ¿Verdad? Mano se enrolló la toalla a la cintura y llenó el lavabo con agua caliente para afeitarse. Estaba enjuagando la cuchilla por última vez cuando un sonido extraño en el dormitorio captó su atención. Tardó un instante en darse cuenta de que debía tratarse del móvil de Paige. Nadie la había llamado en toda la semana, así que hasta ahora no había escuchado su tono.

—¿Hola? —la oyó responder.

Mano no estaba intentando realmente escuchar la conversación, pero le resultaba difícil no hacerlo, cuando solo había una puerta entre ellos.

—¿Wyatt? ¿Por qué me llamas?

¿Wyatt? La mera mención de aquel nombre provocó que a Mano le bullera la sangre en las venas. Cerró la llave del grifo para escuchar mejor.

—Piper se pondrá furiosa si sabe que me estás llamando… no, no estoy en casa —le dijo. Sonaba angustiada—. Estoy en Hawái… sí, Hawái.

Mano contuvo el aliento mientras escuchaba la mitad de aquella conversación. Paige había jurado una y otra vez que no volvería con Wyatt. Había dicho que no quería que formara parte de su vida ni de la del niño.

El largo silencio de Paige indicaba que Wyatt tenía bastantes cosas que decir para ser un hombre que había desaparecido de su vida no hacía mucho sin dar ninguna explicación.

—Es verdad, Wyatt, tenemos que hablar, pero no ahora mismo… No, mañana por la mañana estaré en casa. Ya sabes que hoy tengo que enterrar a Papá.

A Mano solo se le ocurría una razón para que Wyatt llamara a Paige. Quería que volviera con él.

—Lo sé —dijo Paige—. Fue muy difícil para mí. Pero ahora mismo no puedo hablar. Llámame mañana por la tarde, ¿de acuerdo? Bien. Adiós.

Mano esperó un instante, vació el lavabo y luego salió del baño con la toalla en la cadera.

—Me ha parecido que hablabas con alguien —comentó con tono despreocupado.

—Eh… una llamada de trabajo —dijo. Se le notaba tanto que estaba mintiendo que lo habría sabido aunque no hubiera escuchado la conversación—. Pensaban que volvería a tiempo para trabajar mañana en el turno de día, pero les he dicho que no iré hasta el domingo. No me veo capaz de salir de un vuelo tan largo y ponerme a hacer un turno de doce horas a la mañana siguiente.

Mano asintió y se giró para volver al baño y terminar de asearse. La cabeza le daba vueltas con miles de pensamientos mientras se secaba el pelo con una toalla. ¿Por qué le había mentido Paige sobre quién le había llamado? Solo había una respuesta que tuviera sentido: no había sido completamente sincera con él respecto a lo que sentía por Wyatt. La había llamado de pronto y quería verla. ¿Por qué? ¿Le había dejado Piper? ¿Iba a intentar recuperar a Paige?

Y lo que era más angustioso… ¿volvería Paige con él después de lo que le había hecho?

La idea le daba náuseas. Ella se merecía un hombre mucho mejor que Wyatt. Y sin embargo, si había cambiado de opinión, ¿quién era Mano para interferir en el asunto? Era el padre de su hijo. ¿No sería lo mejor para todos que se reconciliaran y formaran una familia?

El que lo pasaría mal en ese caso sería Mano, pero sobreviviría. Como Paige aseguraba, tal vez se olvidara de ella en una cuantas semanas o meses y continuaría como si no le hubiera llegado al corazón. O se refugiaría en el trabajo con el corazón roto y ella nunca lo sabría.

En cualquier caso, sabía que no importaba siempre y cuando ella fuera feliz. La idea de un futuro con su hijo parecía hacerle ilusión, ¿mejoraría al tener un padre que participara en la vida del bebé? Sin duda le facilitaría las cosas. No tendría que dejar atrás su vida para estar con él. Su hijo tendría un padre. Un padre de verdad. Todo quedaría envuelto en un lazo muy bonito.

Aquello destrozaría a Mano. Le haría todavía más indispuesta emocionalmente hablando. Pero era lo que tenía que hacer. Si había una posibilidad de que Paige se reconciliara con el padre de su hijo, sería egoísta por su parte declararle lo que sentía por ella y rogarle que se quedara.

Mano se dio cuenta de que no estaba pensando con claridad. Estaba permitiendo que las emociones le nublaran la habilidad para tomar decisiones. Paige tenía razón. Era mejor que se fuera a casa. La olvidaría. Seguiría adelante. Si la convencía para que se quedara y algún día se arrepentía de estar criando al hijo de otro hombre y de haberla arrancado de su vida, ¿entonces qué? Era mejor dejar que Paige escogiera su camino, y ese camino la llevaba a casa. Y si eso implicaba volver con Wyatt, al final no era asunto de Mano en absoluto.

Suspiró, se peinó y luego se puso loción para después del afeitado en la cara. Lo único que tenía que hacer era mantener la boca cerrada.

Paige agarró con fuerza la urna de su abuelo mientras el barco los llevaba al funeral en el monumento al Arizona, que estaba situado al final del puerto. Era una construcción blanca y brillante que parecía flotar sobre las aguas. Debajo estaban los restos hundidos del Arizona y los marineros que habían perdido la vida aquel día tanto tiempo atrás. Solo quedaban algunas partes visibles del barco por encima del agua.

Un hombre vestido de uniforme de gala le tomó las cenizas cuando bajaron del barco y llegaron al muelle. Mano la tomó del brazo y la acompañó por la rampa hacia el monumento con Hoku justo delante de ellos. Siguieron la larga comitiva que incluía el pelotón de fusilamiento ataviado con sus mejores galas. Como Paige era la única familia que había acudido a la ceremonia, solo había una fila de sillas colocadas. Los guiaron hasta allí y los sentaron frente al inmenso muro del monumento. Del cielo al techo se leían grabados en mármol de los nombres de todos los hombres que habían muerto el día que el Arizona fue bombardeado por los japoneses.

Frente al monumento se alzaban dos largas columnas rectangulares también de mármol con los nombres de los marinos que quisieron ser enterrados en el Arizona, como su abuelo. Eran pocos nombres, pero resul-

126

taba igual de impactante. Veinte, cuarenta, sesenta años
después… aquellos hombres nunca olvidaron aquel día
ni a los hermanos que perdieron. Todos decidieron volver con ellos al final. El nombre de su abuelo era el
último grabado en la piedra. Seguramente era uno de
los últimos supervivientes que quedaban.

Paige sintió que se le llenaban los ojos de lágrimas
y trató de contenerse. No porque le diera vergüenza llorar, después de todo era el funeral de su abuelo, sino
porque si empezaba estaba segura de que no podría parar. Ya había llorado muchas lágrimas por Papa. No,
hoy lloraba por algo distinto.

La pérdida del amor.

Paige sentía cómo se le escapaba de las manos.
Ella era la única culpable de la situación, pero eso no
la hacía menos dolorosa. ¿No podía entender Mano lo
difícil que era para ella decirle que no? Era una agonía.
Se le rompía el corazón al hacerlo. Por supuesto que
quería quedarse. Podría dejarse llevar por la fantasía
de cómo sería su vida juntos si hacía una locura y no
volvía a casa.

Pero eso no era real. Paige se jactaba de ser una persona práctica. Y nada en aquel escenario era práctico.
Sobre todo la parte en la que esperaba que Mano criara
a su hijo como si fuera suyo.

No podía pedirle aquello. Por mucho que le amara.
O tal vez porque le amaba mucho. Paige quería que
tuviera su propia familia. Le acabaría pasando, estaba
segura, si se abría a la posibilidad. Eso era lo que se lo
impedía, y no su discapacidad.

Paige supuso que ella también era culpable de sabo-
tearse a sí misma. Como se consideraba poco atractiva,
daba por hecho que la gente la veía así. Era la pesca-

dilla que se mordía la cola. Mano la había ayudado a romper ese círculo, convenciéndola para que se sintiera mejor respecto a sí misma y lo que tenía que ofrecer. Tal vez si se sintiera así por dentro atraería cosas más positivas a su vida. No amor, solo positividad. No tenía espacio en el futuro para querer a nadie aparte del bebé. Paige sabía que por muy duro que hubiera sido lidiar con lo que pasó con Wyatt, no sería nada comparado con perder a Mano. No amaba a Wyatt como amaba a Mano. Iba a tardar mucho tiempo en curarse y dejar que entrara alguien más.

No entendía a qué venía la llamada de Wyatt de hoy. No había cruzado dos palabras con ellas desde que se fue con Piper. Tenía la sensación de que andaba husmeando algo. ¿Habría roto su hermana con él y estaría pensando en volver? Lo dudaba. Paige podría ser ingenua, pero no era una estúpida. Lo que Wyatt quisiera de ella era en realidad irrelevante. Quedaría con él, le contaría lo del bebé y le preguntaría a qué clase de acuerdo quería llegar. Eso sería todo. Aunque le declarara su amor, no se lo tragaría. Ahora sabía lo que era el amor de verdad, y no era lo que Wyatt le ofrecía.

La ceremonia empezó con el capellán haciendo una lectura. La urna de su abuelo se colocó sobre una mesa cubierta con la bandera de Estados Unidos. Mano le tomó la mano para darle apoyo, pero Paige sintió la energía tirante que salía de él como una ola. No había vuelto a ser el mismo desde la conversación que tuvieron por la mañana. Ella le había rechazado antes de que él pudiera hacerlo, así que suponía que tenía derecho a no estar contento. Algún día entendería por qué había tenido que hacerlo.

El almirante que estaba al mando de la base salió

a hablar. Le agradeció a Paige el servicio que su abuelo le había prestado al país. Dos marinos uniformados agarraron entonces la urna de la mesa y se la entregaron al equipo de buceo. Paige observó cómo uno de los submarinistas se sumergía bajo las aguas con la urna.

El capellán continuó leyendo una bendición, y cuando acabó el pelotón disparó tres salvas y el cornetista interpretó el toque de silencio.

Cuando doblaron la bandera y se la entregaron, Paige sintió que estaba a punto de venirse abajo. Les acompañaron a la salida del monumento y volvieron a tomar el barco de regreso a la orilla. Desde allí regresaron al hotel en el coche que les estaba esperando.

Cuanto más se alejaba de Papa y de su lugar de descanso final, más sola empezaba a sentirse. Su abuelo era la única persona que la entendía y la apoyaba. Sin Papa y sin Mano, ¿a quién tendría ahora? Serían ella y su bebé juntos contra el mundo. ¿Sería suficiente? Tendría que serlo.

Cuando el coche enfiló por la autopista hacia Waikīkī, Paige empezó a ponerse muy nerviosa. Mano no había hablado desde que salieron rumbo al funeral. Era un buen hombre y por eso estuvo a su lado durante la ceremonia, pero podía sentir cómo se iba apartando de ella a cada minuto que pasaba. Una parte de Paige sabía que aquello iba a pasar, pero ahora que estaba pasando le dolía más de lo que esperaba. Era casi como si sintiera físicamente cómo se lo arrancaban y el agujero que dejaba su ausencia. Creía que dar un paso atrás a tiempo calmaría el dolor, pero no fue así. Solo le hizo desear haberse agarrado con más fuerza cuando tuvo la oportunidad.

—Gracias por acompañarme hoy —dijo en voz baja.

Paige apretó la bandera entre sus brazos en sustitución del hombre al que amaba.

–De nada. Ha sido un honor estar en la ceremonia de un marino que participó en un evento histórico tan importante –las palabras sonaron tensas, casi como si se tratara de un discurso de campaña ensayado.

–No puedo imaginar lo que habría sido estar ahí sentada sola. Ha sido mucho más fácil teniéndote ahí conmigo.

Mano no se giró para mirarla. Se limitó a seguir mirando hacia delante con sus gafas de sol a través del parabrisas.

–Nadie tendría que pasar por esto solo. No entiendo por qué no ha venido el resto de tu familia.

–Mi abuelo no quería. Quería un funeral en California para que asistiera todo el mundo, pero que este servicio fuera más íntimo.

–Íntimo es para la familia más cercana. Esto va más allá. Tengo que decir que tu familia es muy extraña. Al menos comparada con la mía. Si uno de los nuestros muere, los demás vienen sí o sí.

–Tienes suerte.

Paige imaginó que los siguientes meses con su familia serían difíciles. A sus padres no les haría ninguna gracia su embarazo no deseado, sobre todo cuando supieran que su otra hija estaba saliendo con el padre del bebé. Un paisajista estaba bien para ella, pero no aprobarían que Piper bajara su listón.

Paige se permitió por primera vez desear que Mano fuera el padre del bebé en lugar de Wyatt. Eso simplificaría mucho las cosas. Entonces no tendría que pedirle a Mano que criara al hijo de otro hombre. No se sentiría culpable de quedarse en Oahu para estar con él.

También estaba el hecho de que amaba a Mano. Amar al padre del niño era un elemento crucial que faltaba en su realidad. No solo no quería a Wyatt, sino que le despreciaba. Y eso no debería ser así. Aunque había rechazado con vehemencia su sugerencia de que se quedara, cada minuto que pasaba se le hacía más difícil no cambiar de opinión. No le gustaba que se hubiera vuelto tan frío con ella después de la pasión con la que la había tratado durante toda la semana. Una cosa era querer quedarse, y otra saber que él sentía lo mismo. Si Mano podía alejarse como si ella no le importara nada, le seguiría resultando duro, pero podría irse sabiendo que su historia solo había estado en su cabeza. Había dejado que se implicara el corazón, y solo podía culparse a ella misma por ello.

Y sin embargo…

El coche se detuvo en la puerta del hotel. Paige sabía que se le estaba escapando la oportunidad de cambiar de opinión. ¿Cambiaría algo las cosas si le contaba cómo se sentía? ¿Y si solo servía para ponerse en ridículo? Las cosas terminarían en cualquier caso.

–Mano –dijo, justo antes de que salieran del coche.

Él se detuvo y se giró hacia ella.

–¿Sí?

–Yo… –las palabras se le quedaron atrapadas en la garganta. Como tenía las gafas de sol tapándole la expresión de la cara, no podía ver sus emociones. No sabía cómo se tomaría sus palabras. Solo parecía irradiar un muro protector que ella no sabía cómo penetrar.

–Tengo mucho trabajo esta tarde –dijo Mano al ver que ella no hablaba–. He pedido un coche para que te lleve al aeropuerto cuando estés preparada.

Paige sintió que se le caía el alma a los pies.

–¿No vas a acompañarme?

Mano sacudió la cabeza con expresión neutra.

–Lo siento, no puedo. Pero quiero darte las gracias por esta maravillosa semana. He disfrutado mucho de nuestro tiempo juntos. Espero que te haya gustado tu visita a Mau Loa y te deseo lo mejor para el futuro.

Sin darle un beso ni un abrazo, Mano abrió la puerta y Hoku y él salieron del coche. Le dio una propina al conductor y desapareció en el hotel sin la menor vacilación.

Paige no podía moverse. No podía respirar. El corazón empezó a rompérsele dentro del pecho y sintió cada dolorosa grieta mientras se hacía pedazos. Las lágrimas le cayeron entonces por las mejillas. Las costuras que la mantenían unida se abrieron por completo y se vino abajo sollozando en el asiento de atrás del coche. Fue un llanto enfadado, feo y con mocos que le dejó la cara roja. Sencillamente, no pudo seguir conteniéndose. Todo lo que le había pasado en el último mes, la muerte de su abuelo, el embarazo, la traición de Wyatt, formó una bola de nieve que se unió al frío rechazo de Mano.

Se dejó llevar. No sabía si el conductor estaba mirando, pero no le importaba realmente. Su vida se venía abajo delante de ella y si quería quedarse en el asiento de atrás del coche y llorar, eso es lo que haría.

Cuando se quedó sin lágrimas agarró el paquete de pañuelos de papel que había guardado en el bolso para el funeral. Se secó las lágrimas y se sonó la nariz. Pensó que aquello era lo que quería, pero se había equivocado. Y mucho. Le había rechazado como autodefensa y ahora se arrepentía. Prefería confesarle su amor y ser rechazada que llevarse aquella despedida tan fría y

132

neutra. Le había hecho daño a Mano. Y ahora él se lo devolvía. Tenía que arreglar la situación.

Sintiendo un impulso de valentía, salió del coche y corrió hacia el hotel tras él. Buscó en todos los rincones del vestíbulo, pero no lo vio por ningún lado. Paige se dirigió a toda prisa al mostrador de recepción.

–¿Ha visto dónde ha ido el señor Bishop? –preguntó.

El hombre la miró con recelo y luego sacudió la cabeza.

–No, lo siento.

–Por favor –insistió Paige–, tengo que decirle algo muy importante.

–Lo siento mucho, señorita Edwards, pero el señor Bishop ha pedido que no se le moleste mientras trabaja esta tarde en su despacho.

–Pero yo…

–Especificó que no quería que usted le molestara, señorita –la interrumpió el conserje–. Lo siento. Espero que haya disfrutado de su estancia aquí en Mau Loa. Si hay algo que podamos hacer por usted antes de que se marche no dude en decírnoslo.

Aquellas palabras educadas y estudiadas se parecían a la despedida de Mano, y Paige sintió como si le hubieran dado una bofetada en la cara. No quería verla. No tenía opción.

–Gracias –dijo en voz baja.

Se dio la vuelta y se dirigió hacia el ascensor para volver a su habitación.

Había llegado el momento de hacer el equipaje y despedirse de Hawái y de Mano para siempre.

Capítulo Once

Era un vuelo nocturno muy largo con escala en Los Ángeles. Debería haber dormido o ver una película para pasar el tiempo en el avión, pero decidió darle vueltas a la cabeza.

A Paige no le gustaba cómo habían dejado las cosas Mano y ella. Parecía completamente cerrado cuando le dijo que no podía quedarse. Quería hacerlo. Le dolió el corazón ante la idea de decirle que no, pero, ¿cómo iba a quedarse? Mano no sabía dónde se metía. No iba solo ella incluida, y no era justo que cargara con el hijo de otro hombre.

Además, ¿de verdad pensaba Mano que tenían futuro juntos? ¿Un hombre que no salía con nadie más allá de una semana? ¿Y si Paige decía que sí, dejaba el trabajo, renunciaba a su apartamento y se mudaba a Hawái y después él cambiaba de opinión? ¿Qué sería de ella entonces?

Paige llegó agotada a primera hora de la mañana del día siguiente, metió la llave en la cerradura y entró tambaleándose. Dejó el equipaje en el suelo y soltó un grito de sorpresa al ver que había una persona sentada en el sofá.

El corazón le latió al doble de velocidad al ver que era su hermana Piper.

–¿Qué diablos estás haciendo aquí? –le preguntó.

Estaba demasiado cansada física y emocionalmente como para usar un filtro educado. Y menos con la mujer que se había ido con el padre de su hijo. Aunque Paige ya no quisiera estar con él.

Piper se puso de pie para saludarla con ansia. Paige se dio cuenta de que su cara, siempre tan atractiva, estaba roja y que tenía los ojos hinchados. Había estado llorando.

–He venido porque sabías que volvías a casa hoy.

–¿Y a ti qué?

Piper se estremeció.

–¿Cómo ha estado el funeral de Papa?

Paige se cruzó de brazos con gesto protector.

–Muy bien. Hicieron algunas fotos de la ceremonia y se las enviarán a nuestros padres. Llegarán dentro de una semana más o menos.

Paige se sentía extrañamente atrapada en la puerta de entrada de su casa. No quería acercarse más a su hermana. Quería tirarse en la cama, pero Piper estaba en medio.

–No le has traído aquí, ¿verdad? –aquello sería típico de su hermana. No era dañina deliberadamente, pero no se preocupaba de los sentimientos de los demás.

–No –dijo Piper abriendo mucho los ojos–. Wyatt… se ha ido.

Piper se echó a llorar otra vez, pero a Paige le costaba trabajo sentir alguna simpatía por ella. Sin embargo, tenía la sensación de que su hermana no iba a marcharse pronto.

–Voy a preparar café –dijo.

Mientras lo hacía, se dio cuenta de que su hermana estaba de pie en la puerta de la cocina.

–¿Qué pasó entonces? ¿Te ha dejado por alguien más guapa?

135

Piper dio un respingo al escuchar la cortante acusación de su hermana.

–No lo sé. Tal vez. No hemos hablado realmente de ello. Solo volví un día a casa del trabajo y ya no estaba.

–¿Y no sabes la razón? –preguntó Paige sirviendo dos tazas de café.

–Tengo mis sospechas. No hacía más que preguntarme qué me había dejado Papa en su testamento. Ayer le dije por fin que no me había dejado nada. Que se lo dejó casi todo a obras benéficas de veteranos de guerra. No creo que esperara algo así. Creo que nos estaba rondando… a las dos… con la esperanza de que fuéramos a heredar una fortuna cuando nuestro abuelo muriera. Al ver que yo no recibía nada, se marchó.

Aquello tenía sentido para Paige. Había conocido a Wyatt cuando él trabajaba para su abuelo. Conocía de primera mano la mansión y todo el dinero que debía tener. Paige debió parecerle un objetivo conveniente.

–Seguramente por eso me llamó ayer. Tal vez pensó que yo he recibido algo de herencia aunque tú no. Me siento una estúpida –aseguró–. Parece que tenía pensado dejarme en cualquier caso. Solo saltó del barco antes porque pensó que podría tener el dinero y una mujer más guapa al mismo tiempo.

Le tendió una de las tazas a Piper, quien la aceptó.

–Lo siento mucho, Paige. No sé en qué diablos estaba pensando. Es que él fue tan…

–Hipnotizador –Paige lo recordaba muy bien.

–Sí. Y encantador. Y guapo. Cuando me hablaba me sentía la persona más importante del mundo. Y me enganché a eso. Nunca debí acercarme tanto a él sabiendo que estaba saliendo contigo. Nunca quise hacerte daño. Quiero decir, eres mi hermana.

Paige no supo qué decir. ¿Estaría su hermana disculpándose si no la hubieran abandonado? No estaba muy segura.

–No pasa nada. Ya he superado a Wyatt –y era cierto. Estaba locamente enamorada de otro hombre que vivía al otro lado del océano.

–¿Estás segura?

–Completamente.

Paige se giró para mirar a su hermana y se dio cuenta de que Piper le estaba mirando el vientre. Sabía mejor que nadie que Paige siempre había sido muy delgada, y aquella repentina redondez no podía deberse a haber comido mucho durante las vacaciones. Piper abrió los ojos de par en par y la miró boquiabierta.

–¿Estás embarazada?

Paige bajó la vista y se acarició el pequeño vientre, que había empezado a desarrollar en el segundo trimestre.

–Supongo que esta camisa me queda más ajustada que la última vez que me la puse. Tendría que habérmela probado antes de meterla en la maleta –suspiró y asintió–. Sí, estoy embarazada.

–¿De Wyatt? –Piper no necesitó que su hermana respondiera. La expresión de su cara lo decía todo–. ¡Dios mío, Paige!

Paige dejó la taza de café justo a tiempo de recibir el repentino abrazo de su hermana. Piper se la agarró con nuevas lágrimas que le mojaron la camiseta a Paige. Creía que había llorado todo lo que podía el día anterior en el coche, pero estaba equivocada. En brazos de su hermana se dio cuenta de que no podía contenerlas. Las lágrimas le cayeron por las mejillas casi a mayor velocidad de lo que tardaba su cuerpo en producirlas.

Se quedaron así varios minutos hasta que se les agotaron las emociones y se les secaron los ojos. Finalmente Piper se apartó y se secó las mejillas.

–Vamos, siéntate ahora mismo –dijo con tono mandón.

Paige estaba demasiado cansada para discutir. Tomó asiento en la mesa del comedor y Piper se sentó a su lado.

–¿De cuánto estás? –le preguntó.

–Casi de catorce semanas. No supe lo del bebé hasta… –no terminó la frase. Iba a decir «hasta que tú me lo robaste».

–¿Lo sabe él?

Paige sacudió la cabeza.

–Iba a decírselo cuando volviera.

–No creo que puedas localizarle –dijo su hermana–. Tiene el teléfono desconectado. Su apartamento está vacío. Ni siquiera trabaja ya para la empresa de paisajismo. Wyatt dejó la ciudad cuando terminó con nosotras.

Paige experimentó una oleada de alivio al escuchar la noticia.

–Sinceramente, no me parece mal. No quiero que Wyatt forme parte de la vida del bebé –se quedó mirando la taza de café, pensando en todas las decisiones que había tomado–. ¿Cómo pude colocarme en semejante posición con un hombre así?

–Era una serpiente, Paige. Susurraba al oído lo que queríamos oír y nos derretíamos como mantequilla. Yo hice lo mismo. No te culpes por esto.

–No es solo Wyatt –dijo Paige. Los ojos se le llenaron de lágrimas–. También es Mano.

Piper se irguió en la silla.

–¿Mano? ¿Quién es Mano?

–El hombre del que estoy enamorada –consiguió decir Paige entre sollozos.

Piper le puso la mano en el hombro.

–Cuéntamelo todo.

Y eso hizo. Nunca había compartido muchas cosas con Piper, pero tenía que hablar con alguien. Paige empezó por el principio, y le contó todo lo que había sucedido en su viaje a Hawái. Terminó diciéndole que se había enamorado de Mano aunque sabía que no funcionaría.

–¿Te pidió que te quedaras? Eso es mucho.

Paige le restó importancia.

–Es una fantasía. La realidad nunca funcionaría. ¿Cómo voy a pedirle que críe al hijo de otro hombre? No puedo hacer algo así, sobre todo sabiendo que esto podría no durar.

–¿Estás completamente segura de que no cambiarás de opinión?

–Sí. Mano nunca ha querido ser una carga para una mujer, y yo me niego a ser una carga para él. No creo que lo haya pensado lo suficiente como para entender lo que está pidiendo.

Piper adquirió de pronto una expresión de felicidad.

–¿Sabes qué? Todo va a salir bien. Vas a superar esto y vas a tener el bebé más increíble del mundo. Serás una madre estupenda y estarás mucho mejor sin ese perdedor en tu vida, ¿de acuerdo?

Paige asintió y se sorbió las últimas lágrimas. Su hermana tenía razón. Tenía un bebé y un futuro en el que centrarse. Y necesitaba sacar el máximo partido a su vida.

***

–Anímate un poco, Mano. No sé cuál es tu problema, pero es el día de Tutu Ani. Intenta estar contento por ella.

–Por supuesto que estoy contento por ella –le dijo Mano a su hermano, aunque sonó más como un gruñido.

Seguramente Kal tenía razón, pero no podía evitarlo. Estaba así desde que Paige se marchó el viernes. Había intentado dar un paso atrás, protegerse del puñetazo que sabía que iba a llegar, pero seguía doliéndole. Preferiría estar en el hotel llorando a solas y no amargar la fiesta a la familia, pero realmente no tenía opción.

Optó por buscar una esquina donde pudiera sentarse con Hoku y quitarse del medio. Aquellas cosas eran siempre demasiado caóticas para él. Incluso su propia familia tenía tendencia a olvidar que era ciego y se tropezaban con él, sobre todo los niños. Por lo que podía oír, las mujeres estaban enredando en la cocina, los hombres preparando la barbacoa en el patio de atrás y él no le servía de ayuda a nadie.

Mano escuchó el chirrido de una silla de metal a su lado y supo que Kal se había sentado.

–¿Qué pasa contigo? –le preguntó–. Incluso Hoku parece deprimido. La última vez que te vi parecías emocionado con tu romance. ¿No terminó bien? ¿Se puso muy pesada?

–Todo lo contrario. Las cosas iban de maravilla. Estábamos tan bien juntos que empecé a pensar que quería algo más que una semana con Paige, y así se lo dije. Pero se marchó de todos modos.

–Eso es mucho para soltarle a una mujer después de solo una semana juntos. ¿Cómo se lo dijiste? ¿Le preguntaste si quería volver de visita? ¿Le confesaste tu amor incondicional y le pediste que se viniera a vivir aquí? ¿Le pediste su mano después del funeral de su abuelo?

Mano apretó las mandíbulas al escuchar las preguntas de su hermano. Realmente no quería hablar de ello. Estaba demasiado fresco.

—Le dije que no estaba preparado para que aquello terminara y le pregunté si podría considerar Honolulú como una futura residencia potencial.

—¿Una futura residencia potencial? Dime que no lo dijiste así.

—Ahora no recuerdo qué dije. Solo recuerdo que me dijo que no.

—Supongo que tendría mucho que pensar. Y por lo que cuentas, tú tampoco se lo pusiste fácil. Para que una mujer deje toda su vida atrás, su trabajo y se mude necesita algo más.

—Lo sé —lo había repasado mentalmente un millón de veces. Pero una parte de él tenía demasiado miedo de llevarlo más lejos—. No sabía qué más decir, así que la dejé ir.

—Creí que eso era lo que querías. Algo fácil y sin ataduras.

Mano agarró con más fuerza el arnés de Hoku.

—Eso era lo que quería. Hasta que la conocí. Paige lo cambió todo… pero es complicado.

—¿Dónde está la complicación? —preguntó Kal—. O sientes algo por ella o no lo sientes. ¿Sientes algo por ella?

Mano tragó saliva.

—Sí.

—¿Estás enamorado de ella?

Antes no lo tenía muy claro, pero desde que Paige

se marchó se sentía muy desgraciado. Con el corazón roto. Igual que cuando Jenna se marchó. Pero peor, porque entonces era un niño que perdía a su novieta y ahora era un hombre adulto que había perdido a la mujer que amaba.

–Sí.

Escuchó cómo Kal suspiraba y se removía en el asiento.

–Esa mujer te ha calado hondo. Creí que nunca llegaría el día. Dime por qué es tan complicado. A mí me parece bastante claro.

Aquella era la parte de la historia que lo cambiaba todo, y Mano lo sabía.

–Paige está embarazada de tres meses del hijo de otro hombre.

–¿Qué? –casi gritó Kal. Luego se inclinó y lo susurró para no llamar la atención de toda la familia.

–Ya me has oído. No es tan sencillo como que la quiero y podemos empezar una nueva vida y todo irá sobre ruedas. Hay cosas con las que tiene que lidiar al volver a casa, como con el padre de su hijo. La llamó el otro día diciendo que quería hablar. No me puedo interponer en el camino de su reconciliación con el padre de su hijo. También tendría que mudarse a miles de kilómetros de su familia y del apoyo con el que cuente para criar al bebé.

–Eso es cierto. Pero lo que no sabes es si te ama. Si te ama, ninguna de esas cosas importan. No se lo dijiste. Con lo único que ella cuenta es con la promesa de una aventura que dure otra semana más, no un compromiso de por vida. Y una mujer embarazada en su posición necesita tener las cosas claras. Si te ama no quiere otra semana más de romance. Quiere que tú también la ames y que quieras además a su bebé como si fuera tuyo.

Aquella era otra cuestión que no sabía muy bien cómo enfrentar. Paige había sido tan firme respecto a no quedarse que Mano no había pensado realmente en su futuro. ¿Estaba preparado para la paternidad? En una semana había pasado de ser un soltero redomado a un hombre enamorado. ¿Podría dar el salto de convertirse en padre de familia y criar al hijo de Paige como si fuera suyo?

–¿Podrías hacerlo? ¿Criar al hijo de otro hombre? –le preguntó Mano a su hermano.

Kal se quedó unos instantes pensativo.

–Es lo mismo que salir con una madre soltera que ya tenga hijos. Si amo a la madre, quiero al hijo. No creo que fuera tan duro porque estarías allí la mayor parte del embarazo. Estarías allí cuando dé a luz, y podrás agarrar al niño en brazos. Eso es algo muy poderoso. Creo que en ese momento ya no importa quién es el padre biológico. Y además, tú eres ciego.

Mano dio un respingo. Había seguido el razonamiento de su hermano hasta aquel momento.

–¿Y eso qué tiene que ver?

–Bueno, creo que te podría resultar más fácil ignorar que no es tu hijo biológico. Y si el niño nace pelirrojo y con pecas no tendrías que lidiar con aquel recordatorio físico. Si Paige y tú tenéis hijos juntos no habrá nada que distinga físicamente al tuyo del que no lo es, al menos para ti. Este es un ejemplo en el que ser ciego es perfecto.

–Ser ciego nunca es perfecto –gruñó Mano.

–Ya sabes a qué me refiero. Si amas a esa mujer y quieres estar con ella tienes que decírselo.

Mano no esperaba aquel tipo de consejo de parte de su hermano. Kal era un soltero empedernido como él, aunque su razonamiento era distinto. Escuchar a su hermano animándole a hacer una locura e ir tras Paige y el bebé suponía toda una revelación.

–¿Crees que debería? ¿Y qué va a pasar? ¿Y si dice que no?

–Claro que deberías. No conozco a Paige y no sé qué siente por ti, pero parece que esta semana ha pasado algo importante. Tal vez tenga miedo de dar el salto, igual que tú. Hacer un gran gesto podría marcar la diferencia.

–¿Y si no funciona? –insistió Mano.

–Si no funciona, tú hiciste todo lo que pudiste. Volverás a casa contento sabiendo que no eres el primer hombre que se enamora de una mujer que no le corresponde. Y seguirás adelante con tu vida. Así de sencillo.

No parecía sencillo. Nada de todo aquello era sencillo. Mano no había salido de la isla desde antes del accidente. Subirse a un avión con Hoku, viajar hasta San Diego, seguirle la pista a Paige y confesarle su amor no era nada sencillo.

–¿Por qué iba a querer amarme, Kal? Aunque yo los quisiera a ella y al bebé seguiría teniendo que cargar con un hombre roto. Nunca voy a recuperar la vista. ¿Por qué iba a querer formar una familia con un hombre que no puede contribuir al cien por cien?

–Llevas más de una década ciego. Llevas el Mau Loa como un tiburón de los negocios. Encantas a las damas, cuidas de ti y de Hoku. Sí, las cosas podrían ser más fáciles si vieras, pero has aprendido a vivir sin ver. También aprenderás a ser un amante, marido y padre aunque no puedas ver. Solo tienes que desear hacerlo. Solo eres una carga para ti mismo porque quieres.

Mano escuchó unas voces a la derecha. Giró la cabeza y a juzgar por el ruido supo que la comida ya estaba preparada y la estaban llevando a las mesas del jardín.

—Es hora de comer —dijo Kal.

—Lo sé —Mano siguió a Hoku. Una parte de él quería seguir la sugerencia de Kal antes de cambiar de opinión. Podría salir por la puerta en aquel momento, pedir un taxi al aeropuerto y estar en San Diego aquella misma noche. Entonces escuchó cómo su familia empezaba a cantarle a su abuela. Aspiró con fuerza el aire y tomó una decisión. Kal tenía razón. Iría a buscar a Paige, pero no se precipitaría. Disfrutaría del día con su abuela, haría planes, y cuando volviera a tocar a Paige se aseguraría de no volverla a dejar escapar nunca.

Mano se puso de pie y siguió a Hoku y a los demás a la celebración. Antes de que pudiera llegar a la fila se le acercó una de sus tías.

—Mano —empezó la tía Kini—, a Tutu Ani le gustaría que te sentaras a su lado porque te ve muy poco. ¿Por qué no vas para allá y yo te preparo el plato?

Aquella era la tía que le trataba como si fuera un inútil.

—Puedo preparar mi propio plato, tía Kini —intentó discutir.

—Lo sé, Mano —le reprendió ella poniéndole una mano en la mejilla—. Diriges un imperio entero. Puedes preparar tu propio plato. Pero, ¿por qué? Hoy no tienes que conquistar el mundo tú solo. Tu familia está aquí. Déjame hacer esto por ti y disfruta de unos momentos con tu abuela.

Mano no tuvo argumentos para aquello. Así al menos no tendría que preguntar qué había delante de él e intentar guardar el equilibrio con un plato en la mano mientras sostenía a Hoku con la otra. Todavía tenía que aprender que aceptar ayuda no era lo mismo que aceptar la derrota.

–Gracias, tía Kini.

–Está a unos diez pasos a tu izquierda –dijo ella antes de desaparecer entre la multitud familiar.

Mano se giró y se dirigió a la dirección que le había indicado, deteniéndose cuando Hoku se sentó.

–¿Tutu Ani? –preguntó.

–Estoy aquí, niño.

Sintió la mano de su abuela sosteniéndole la suya. Le guio hacia una silla a su lado en la mesa.

–*Hau'oli Lā Hānau, Tūtū*.

–*Mahalo*, Mano. ¿Estás disfrutando de la fiesta?

Él se encogió de hombros.

–Eres tú la que tienes que disfrutar, no yo.

Ani chasqueó la lengua y luego le puso la mano en la rodilla.

–¿Quién es ella, *mo'opuna*?

Mano se estiró en la silla. ¿Cómo podía saber que tenía una mujer en la cabeza? No había hablado de Paige con nadie excepto con Kal.

–¿Qué quieres decir?

–Mano, no creas que porque tú seas ciego los demás lo somos también. Se te nota que tienes el corazón roto. ¿Qué ha pasado? ¿Por qué no has traído a tu dama hoy?

–Porque volvió a casa el viernes.

–Pero tú la quieres. ¿Por qué le has dejado ir?

Mano se puso tenso en la silla. A pesar de que él tenía puestas las gafas de sol, su abuela lo veía todo. Se dio cuenta de que el problema estaba en que sus sentimientos eran más profundos de lo que había imaginado.

—No sé, Tutu.

—Deberías ir con ella. Decirle lo que sientes. Y luego darle esto.

Ani le tomó la mano y le puso algo frío y metálico en la palma.

—Es mi anillo de peridoto. La piedra es nativa y lleva varias generaciones en la familia. A tu abuelo se lo dio su madre. Y ahora yo te lo doy a ti para que se lo des a tu amor. Tráela a Hawái y empieza una nueva vida con ella. ¿Qué estás haciendo todavía aquí?

Mano no sabía qué decir.

—Es tu cumpleaños, Tutu Ani.

—Espero que no sea el último. Puedes compensarme viniendo al próximo con tu novia. ¡Vete!

Mano levantó la mano de su abuela y se la besó.

—Gracias, Tutu —dijo antes de levantarse y salir de la casa.

Se guardó el anillo en el bolsillo del abrigo y llamó al hotel para que le enviaran un coche. Estaba a pocos kilómetros en coche y un largo vuelo de distancia de Paige, y no iba a perder ni un segundo más.

Capítulo Doce

Paige estaba de pie con los brazos en jarras.

–Desde luego que no –le dijo a su obstinado paciente, Rick–. Si quieres tomarte el pastel tendrás que recorrer conmigo el pasillo para conseguirlo. Tienes que probar la prótesis que te han puesto. Son cinco metros, Rick. Puedes hacerlo perfectamente.

Rick retiró finalmente las sábanas y se incorporó de la cama a regañadientes, poniendo los pies en el suelo.

–Dame el bastón –murmuró.

Paige se lo pasó y empezaron a caminar juntos por el pasillo.

–Lo estás haciendo muy bien –le animó ella con alegría cuando estaban a punto de llegar al mostrador de enfermería–. Toma, aquí tienes tu pastel –dijo dándose la vuelta para acompañarle de nuevo a la puerta de su habitación.

–¿Le habéis visto? –estaba preguntando una de las enfermeras.

–¿A quién? –quiso saber otra de ellas.

–Al hombre más guapo que he visto en mi vida. Es una pena que sea ciego y no pueda ver lo guapo que es.

Normalmente Paige intentaba ignorar los comentarios de las demás enfermeras. Pero aquel día sus palabras captaron su atención. Intentó centrarse en Rick y caminar con él los pocos pasos que faltaban para volver a su cuarto.

El corazón se le detuvo y se quedó paralizada.

No podía ser. Era imposible. Paige se negaba a querer creer que era Mano. Si no quería ni salir del resort, la idea de que volara hasta San Diego estaba fuera de lugar. Además, ¿por qué iba a querer ir a buscarla si había utilizado a su empleado para librarse de ella?

–¿Ocurre algo? –preguntó Rick.

Paige abrió los ojos de par en par al darse cuenta de que se había detenido.

–Lo siento. Solo unos cuantos pasos más.

Trató de centrarse en ayudarle a acostarse. Aquello era más importante. Además, en cuanto saliera del cuarto se llevaría una decepción. Era un hospital de veteranos de guerra; lo normal era que hubiera hombres ciegos.

Paige volvió al mostrador de enfermeras, apuntó una nota en el informe de Rick y trató de ignorar los cotilleos de sus compañeras.

–Es un hospital muy grande. No creo que suba hasta aquí –dijo una de ellas–. ¿Dónde estaba?

–En la tienda de regalos, comprando unas flores.

No. Paige sacudió la cabeza y agarró el medicamento que le iba a dar a su paciente.

–Disculpen –dijo una voz de hombre a su espalda–. ¿Saben dónde puedo encontrar a Paige Edwards?

Reconoció la voz al instante, pero estaba convencida de que la mente le estaba jugando una mala pasada. Se giró hacia él.

Era Mano. Vestido de traje y con sus gafas de sol puestas. Llevaba el pelo peinado hacia atrás y estaba recién afeitado. En la mano sostenía un ramo de rosas rojas. Sintió deseos de estirar la mano y tocarle para asegurarse de que no era una alucinación.

–¿Paige? –dijo la otra enfermera con tono incrédulo.

–Brandy, ¿te importa llevarle esto al señor Jones? –le tendió un vaso con dos píldoras y rodeó el mostrador.

Cuando se acercó, escuchó el golpe de la cola de Hoku contra la pared. Mano se giró al instante hacia ella.

–¿Paige?

Mano estaba allí. Realmente estaba allí.

–¿Sí?

–Qué alivio encontrarte –dijo él con una sonrisa–. Ha sido toda una aventura para mí llegar hasta aquí.

–Felicidades –respondió Paige con cautela–. Te diría que fueras a visitar el zoo, pero lo único que conseguirías sería oler los excrementos de los elefantes.

Mano no se rio. Estaba demasiado centrado en ella. Dio unos pasos hacia ella y salvó la distancia que los separaba.

–No he venido para ir al zoo –le tendió el ramo de flores–. Esto es para ti. Espero que sean tan bonitas como imagino.

A Paige empezó a latirle el corazón con tanta fuerza en el pecho que estaba segura de que Mano podría oírlo. Aceptó el ramo de brillantes rosas rojas.

–Son preciosas. Gracias. Pero estoy confundida. ¿Qué haces aquí, Mano?

–Quería decirte que soy un idiota.

–Habría bastado con ponerme un mensaje –dijo ella con frialdad.

–No. Tenía que venir en personas para que entendieras lo en serio que me tomo esto. Nunca debí permitir que te alejaras de mí.

–No fue decisión tuya –contestó Paige, aunque sabía que habría ido corriendo a sus brazos si él se lo hubiera pedido. Qué diablos, lo intentó y él le cerró la puerta en la cara.

–No del todo. Tú tomaste una decisión en ese momento y puedes tomarla ahora, pero no puedo evitar pensar que el resultado habría sido distinto si yo no hubiera estado tan asustado y hubiera dicho lo necesario para que te quedaras.

Mano no parecía la clase de hombre que se asustara por nada, y menos por algo tan simple como las palabras. ¿No sabía que a ella podía contarle todo?

–¿Y ahora? –le preguntó. Se mordió el labio inferior con angustia mientras esperaba su respuesta.

Mano extendió la mano y la tomó del brazo. Le deslizó la palma por la piel hasta la muñeca y le tomó la mano con la suya.

–Sigo teniendo miedo. Despertarme y saber que no estabas fue como volver a despertarme en el hospital. Lo había perdido todo, y eso me aterrorizaba. Pero tengo que decirlo de todas maneras. He venido hasta aquí porque necesito que sepas que te amo.

Alguien contuvo el aliento. Paige pensó que había sido ella, pero cuando se giró hacia el mostrador de enfermeras se dio cuenta de que sus compañeras los estaban mirando como si estuvieran frente a una telenovela.

–Vamos a avanzar un poco por el pasillo y a terminar esto en privado –dijo Paige.

–No quiero. Quiero que todo el mundo sepa lo que siento por ti –insistió Mano–. No voy a seguir acallando mis sentimientos por temor a resultar herido. Me he dado cuenta de que duele más perderte sabiendo que no hice todo lo que estaba en mi mano para evitarlo.

–Mano… –Paige no sabía qué decir. La cabeza le

daba vueltas repitiendo sus palabras en el cerebro. La amaba. ¿De verdad sentía eso? No podía creerlo.

–No –dijo él apretándole la mano–. Conozco ese tono de voz. Estás a punto de decirme las razones por las que no podemos estar juntos. La distancia, el bebé y todo lo que se te ocurra. No me importa nada de eso. Puede que para ti sean obstáculos, pero para mí solo son retos que se pueden superar. Lo único que sé es que te amo más de lo que he amado a ninguna mujer en toda mi vida. Una semana no fue suficiente. Un año no es suficiente. Quiero que estés en mi vida para siempre. Tú y el bebé.

Paige se quedó boquiabierta. No podía creer lo que le estaba diciendo. El bebé era uno de los asuntos que creía realmente que no podrían superar.

–Sé que Wyatt te llamó el otro día. Seguramente quiere volver contigo. Yo me dije a mí mismo que debería dar un paso atrás y dejar que tengáis otra oportunidad, pero no puedo hacerlo. Te amo demasiado, Paige.

¿Pensaba que Wyatt y ella se iban a reconciliar? Nunca debió mentirle respecto a aquella llamada. No había querido que Mano supiera que había hablado con él porque le daba vergüenza haber contestado el teléfono al ver su nombre.

Se acercó más a él y le quitó las gafas. Quería verle la cara entera cuando le dijera aquello. Así y solo así podría mirarle a los ojos y saber si le estaba diciendo la verdad.

–Dilo otra vez –susurró.

Mano le puso la mano contra el pecho. Paige podía sentir su corazón latiéndole tan deprisa como el suyo.

–Te amo, Paige Edwards. Amo todo de ti, y eso significa que también quiero al bebé. Es parte de ti, la mitad de ti, así que será un niño increíble. Y si tengo voz y voto en esto, va a ser mi hijo.

¿Su hijo?

—No entiendo, ¿cómo…?

—Si estamos casados, entonces, cuando nazca el bebé y tenga mi apellido en el certificado de nacimiento, será legalmente mío. Lucharé contra cualquiera que diga lo contrario.

Paige se puso tensa. En cualquier momento se iba a despertar. Aquello era como su mejor fantasía desarrollándose en su mente.

Él le soltó la mano y metió la suya en el bolsillo interior de la chaqueta. Sacó una cajita de madera, la abrió y le mostró el anillo que había dentro. Tenía una brillante piedra verde del tamaño de la uña del dedo pulgar y poseía el color del follaje que rodeaba Mau Loa. Estaba rodeado de pequeños diamantes y engarzado en oro o en platino, Paige no lo sabía y le daba igual.

Mano sacó el anillo de la cajita y se lo tendió.

—Este anillo ha estado en mi familia durante generaciones. Mi abuela me lo dio. Para ti. ¿Quieres hacerme el honor de convertirte en mi esposa, Paige?

El silencio pareció durar una eternidad. Lo único que Mano pudo hacer fue quedarse de pie sosteniendo el anillo como un bobo y esperar su respuesta. Lo único que sabía era que esta vez no había salido corriendo.

—¿Paige? —extendió la mano para tocarle la cara. Tenía las mejillas húmedas por las lágrimas—. Estás llorando. Por qué?

—Es de emoción.

–Entonces, ¿quieres por favor decirme que sí y liberarme de esta angustia?

–Mano, quiero decir que sí.

Mano volvió a ponerse tenso. ¿Por qué Paige no podía simplemente dejarse llevar por el corazón? Siempre tenía que racionalizarlo todo.

–¿Tú me amas, *pulelehua*?

–Sí. Ya sabes que sí.

De acuerdo, un obstáculo menos, pensó suspirando aliviado.

–¿Te gusta Oahu? ¿Serías feliz viviendo conmigo en Honolulú?

–Oahu es maravilloso. Sería feliz viviendo contigo allí, pero no sé si quiero formar una familia en un hotel. Quiero que mi hijo…

–Nuestro hijo –la corrigió él.

–Que nuestro hijo tenga una vida normal, y eso implica una casa en la que se prepara la cena, no donde el servicio de habitaciones lleva la comáida en bandejas de plata.

Aquel era un asunto del que podía ocuparse con facilidad. Le daría a Paige todo lo que pidiera con tal de que le dijera que sí.

–Por supuesto. Así es como yo crecí y como debe ser. Íbamos mucho al hotel, pero no vivíamos ahí. Teníamos un hogar. Y si eso es lo que quieres, buscaremos una casa en cuanto volvamos.

–¿Y qué pasa con mi trabajo? Ya sabes lo importante que es para mí. Quiero seguir trabajando con veteranos de guerra aunque sea a tiempo parcial mientras el niño sea pequeño.

Mano ya había pensado en eso.

–Hay un hospital para veteranos de guerra en Honolulú, y serían muy afortunados de contar contigo.

Esperó al siguiente argumento en contra de Paige, pero solo hubo un largo silencio. ¿Sería posible que hubieran acabado ya todas las excusas para no ser feliz?

—Mano —dijo ella con un hilo de voz—, ¿estás seguro que esto es lo que quieres? Te has pasado la vida dedicado a ser un soltero sin ataduras. Si te digo que sí, acepto el anillo y me mudo a Oahu no puedes cambiar de opinión.

—Sigues intentando hacerme desistir de la decisión que ya he tomado. ¿Por qué estás intentando ofrecerme una salida a esto, Paige?

—Porque normalmente la gente la usa —la emoción de su tono de voz provocó que a Mano le doliera el corazón. Quería ir atrás en el tiempo en la vida de Paige y golpear a todas las personas que le habían hecho sentir que no se merecía aquello.

—Te amo, Mano. De verdad. Pero mi corazón no puede aceptar esto si me ofreces esta fantasía y luego me la arrebatas. ¿Me quieres de verdad tal y como soy, aceptarás a este hijo como tuyo? Wyatt ha desaparecido, así que voy a hacer esto sola.

—No. No vas a volver a hacer nada sola. Yo voy a estar a tu lado hasta que te hartes de mí. Y cuando el resto de la familia sepa de ti y de este bebé… lo que querrás es que te dejen tranquila. No voy a cambiar de opinión, Paige. No se me ocurriría hacerte algo así, ni tampoco a nuestro hijo. Vamos a ser una familia. Bueno, si me dices que te casarás conmigo.

—De acuerdo —Paige se acercó a él y apretó su cuerpo contra el suyo—. Me casaré contigo —ella le acarició la mejilla y luego sus labios se encontraron con los suyos.

Mano experimentó una oleada de felicidad y alivio cuando ella le besó. Iba a casarse con él.

Entonces un sonido extraño le llamó la atención. Mano se apartó de Paige a regañadientes y se giró hacia lo que sonaban como... aplausos.

–¿Qué es eso? –preguntó.

Paige se rio suavemente entre sus brazos.

–Mis pacientes y mis compañeras –dijo–. Al parecer han salido todos de sus habitaciones para ver cómo te declarabas.

Mano se rio.

–Bueno, entonces vamos a hacerlo oficial.

Le deslizó a Paige el anillo en el dedo. Aquello fue recibido con un ladrido entusiasta por parte de Hoku.

Mano la estrechó contra sí.

–Entonces, ¿podemos irnos ya de aquí? –preguntó–. Estoy deseando volver a casa. Estoy deseando enseñarle a nuestra hija a hacer pesca submarina. Vamos a...

–Espero –le interrumpió Paige–. ¿Qué te hace pensar que va a ser una niña?

–La noche que te marchaste soñé con ella, como mis abuelos soñaron conmigo.

–¿Y qué viste?

–Te vi a ti corriendo por la playa detrás de una niña pequeña de cabello castaño y largo. Estaba bronceada por el sol y saltaba entre las olas.

–Entonces, ¿vamos a tener una niña?

–Sí. Eleu. Significa «enérgica y ágil».

Paige se rio. Su risa melódica le recordó al día que se conocieron. El día que cambió su vida para siempre.

–Me parece que voy a tener las manos muy ocupadas.

Mano sonrió y le dio un beso.

–No puedo esperar más.

Bianca

Aunque la química entre ellos seguía siendo tan intensa como siempre, ¿superarían ilesos su tempestuoso reencuentro?

El mundo de Angelina se tambaleó cuando Lorenzo Ricci irrumpió en su fiesta de compromiso exigiéndole que cancelara la boda porque seguía casada con él. Dos años atrás, ella había abandonado al temperamental italiano para proteger su corazón, pero, dado que el negocio de su familia estaba en juego, tendría que aceptar las condiciones de su marido…

Lorenzo estaba dispuesto a hacer lo que fuera para que su esposa volviera al lecho matrimonial y le proporcionara un heredero. Incluso cancelaría su deuda si le devolvía el préstamo en… deseo.

REENCUENTRO CON EL DESEO

JENNIFER HAYWARD

Acepte 2 de nuestras mejores novelas de amor GRATIS

¡Y reciba un regalo sorpresa!

Oferta especial de tiempo limitado

Rellene el cupón y envíelo a
Harlequin Reader Service®
3010 Walden Ave.
P.O. Box 1867
Buffalo, N.Y. 14240-1867

¡Si! Por favor, envíenme 2 novelas de amor de Harlequin (1 Bianca® y 1 Deseo®) gratis, más el regalo sorpresa. Luego remítanme 4 novelas nuevas todos los meses, las cuales recibiré mucho antes de que aparezcan en librerías, y factúrenme al bajo precio de $3,24 cada una, más $0,25 por envío e impuesto de ventas, si corresponde*. Este es el precio total, y es un ahorro de casi el 20% sobre el precio de portada. !Una oferta excelente! Entiendo que el hecho de aceptar estos libros y el regalo no me obliga en forma alguna a la compra de libros adicionales. Y también que puedo devolver cualquier envío y cancelar en cualquier momento. Aún si decido no comprar ningún otro libro de Harlequin, los 2 libros gratis y el regalo sorpresa son míos para siempre.

416 LBN DU7N

Nombre y apellido	(Por favor, letra de molde)	
Dirección	Apartamento No.	
Ciudad	Estado	Zona postal

Esta oferta se limita a un pedido por hogar y no está disponible para los subscriptores actuales de Deseo® y Bianca®.
*Los términos y precios quedan sujetos a cambios sin aviso previo.
Impuestos de ventas aplican en N.Y.

SPN-03   ©2003 Harlequin Enterprises Limited

Bianca

Que hable ahora… o calle para siempre…

Scarlett Ravenwood se arriesgó mucho al interrumpir la boda de Vincenzo Borgia. Ella estaba sola y sin blanca, y él era un hombre rico y poderoso. Pero necesitaba su ayuda… para proteger al niño que llevaba en su vientre, el hijo de Vincenzo.

Vin se puso furioso al saber que Scarlett le había ocultado su embarazo. Sin embargo, le iba a dar un heredero y, desde su punto de vista, no tenía más opción que casarse con ella.

Scarlett nunca habría imaginado que llevar un diamante de veinticuatro quilates fuera como llevar una losa en el corazón. Pero lo era, porque no podía tener lo único que verdaderamente deseaba: el amor de su futuro marido.

UNA OBSESIÓN

JENNIE LUCAS

Amores fingidos
Sarah M. Anderson

Ethan Logan no conocía el fraca-
so, pero hacerse con la cervecera
Beaumont le estaba resultando
difícil. Para triunfar, iba a tener
que tomar medidas drásticas,
incluyendo pedirle matrimonio
a la atractiva pelirroja Frances
Beaumont.

Frances no estaba dispuesta a
casarse con un completo des-
conocido sin conseguir nada a
cambio, pero una vez que Ethan
aceptara sus términos, confiaba
en que aquella farsa se desarro-
llara sin problemas. Ella nunca
había creído en el amor, y siempre había hecho lo que había
querido con los hombres que habían pasado por su vida,
pero un beso de su presunto prometido lo cambió todo.

*Era el plan perfecto, hasta que se dio cuenta de
que la quería por algo más que por negocios.*